石子投入水中

SHIZI TOURU SHUIZHONG

● 编者 肖远平 刘实鹏

这个秋天一直占住冬天的位置
阳光被保鲜
把阳光一层层剥开
炙热的皮肤散落山岗
或平铺在花溪的上游
一群没有感觉落魄的人
背负着一个纯洁的灵魂
以一条河去幻想
幻想着被折叠的季节
还有曲折的爱情
当然不想抹去的记忆
这个冬天
我首先想到的并不是孤独
而是一个个暴露在镜头下的微笑
以一条河去幻想
紧跟着它的流向

中央民族大学出版社
China Minzu University Press

图书在版编目(CIP)数据

石子投入水中/肖远平,刘实鹏编.—北京:中央民族大学出版社,2017.9

ISBN 978-7-5660-1416-0

Ⅰ.①石… Ⅱ.①肖… ②刘… Ⅲ.①诗集—中国—当代 Ⅳ.①I227

中国版本图书馆 CIP 数据核字(2017)第 217807 号

石子投入水中

著　　者　肖远平　刘实鹏
责任编辑　周雅丽
封面设计　符　蓉
出 版 者　中央民族大学出版社
　　　　　北京市海淀区中关村南大街 27 号　邮编:100081
　　　　　电话:68472815(发行部)　传真:68932751(发行部)
　　　　　　　68932218(总编室)　　　68932447(办公室)
发 行 者　全国各地新华书店
印 刷 厂　北京盛华达印刷有限公司
开　　本　880×1230(毫米)　1/32　印张:4.875
字　　数　120 千字
版　　次　2017 年 9 月第 1 版　2017 年 9 月第 1 次印刷
书　　号　ISBN 978-7-5660-1416-0
定　　价　18.00 元

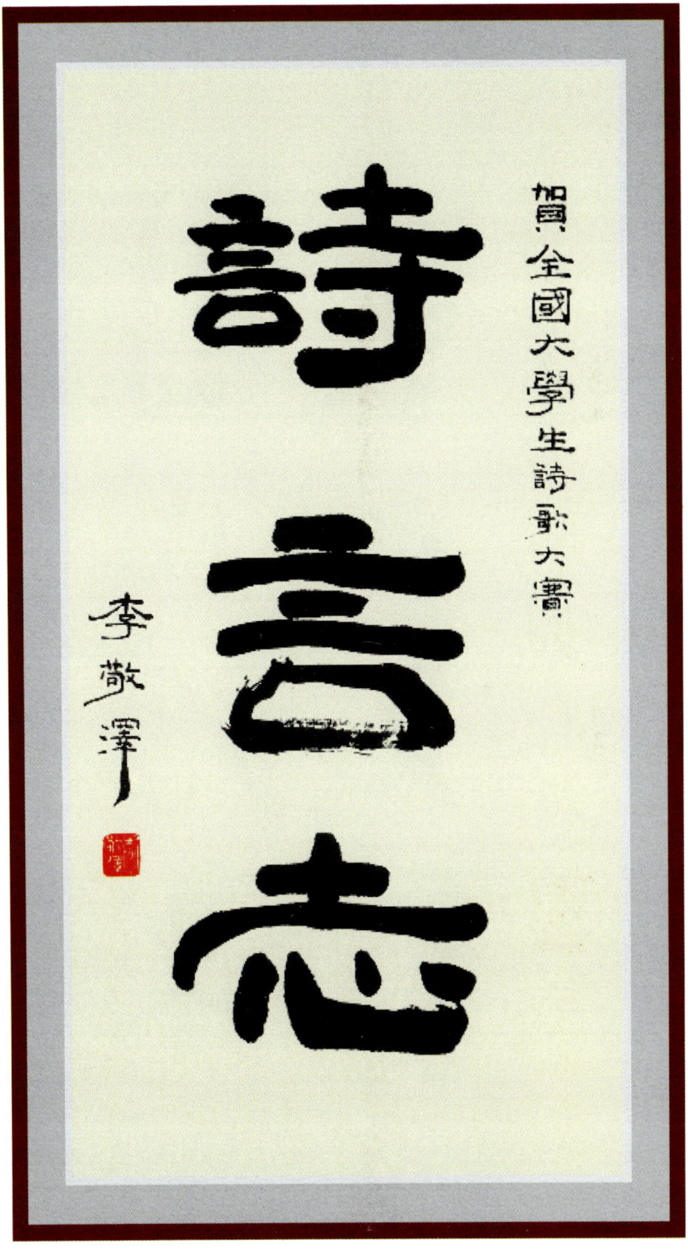

李敬泽：中国作协副主席、党组成员、书记处书记

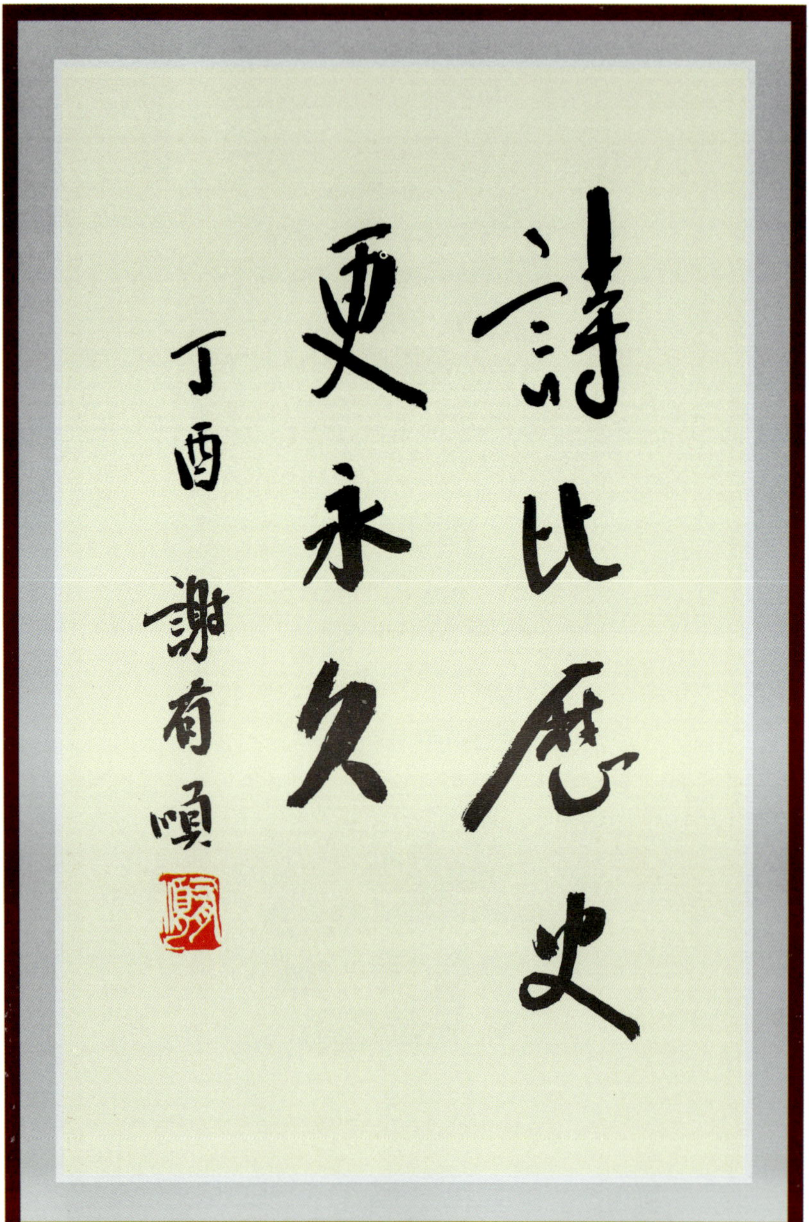

谢有顺：中山大学中文系教授、博导，广东省作家协会副主席

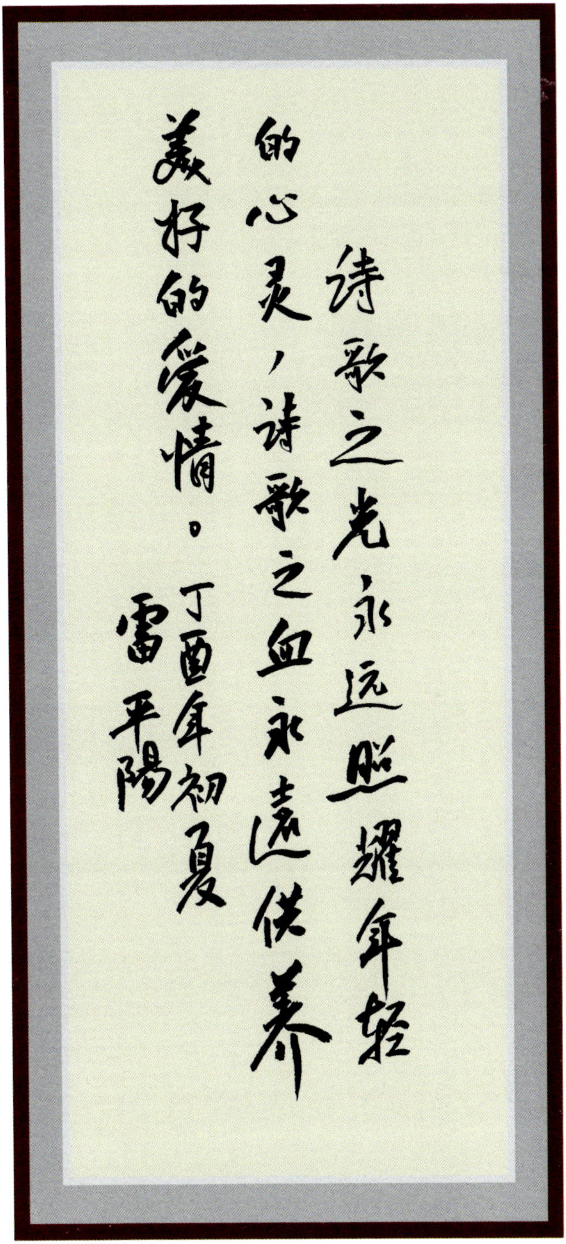

雷平阳：云南省作家协会副主席。曾获第五届鲁迅文学奖

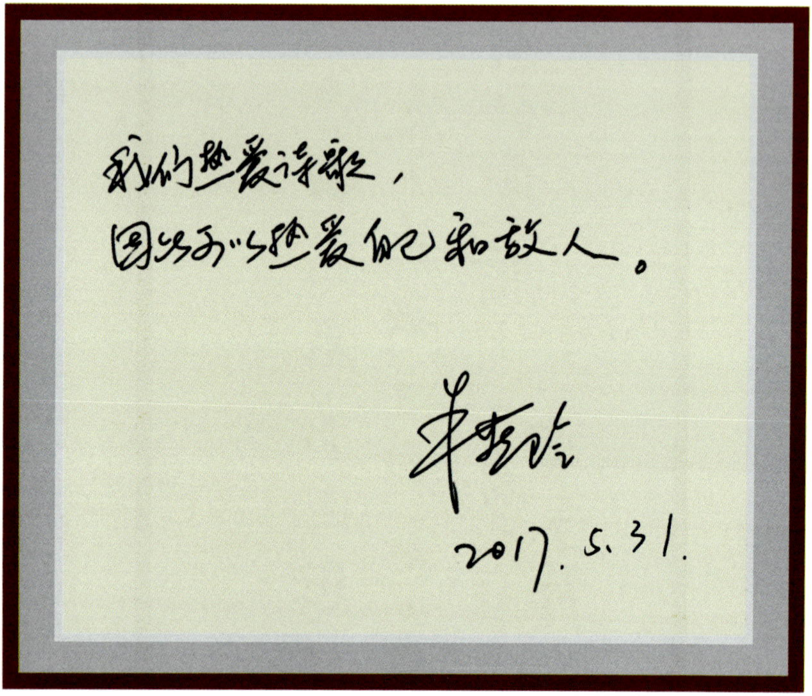
我们热爱诗歌，
因为我们热爱自己和故人。

朱燕玲
2017.5.31.

朱燕玲：花城杂志主编

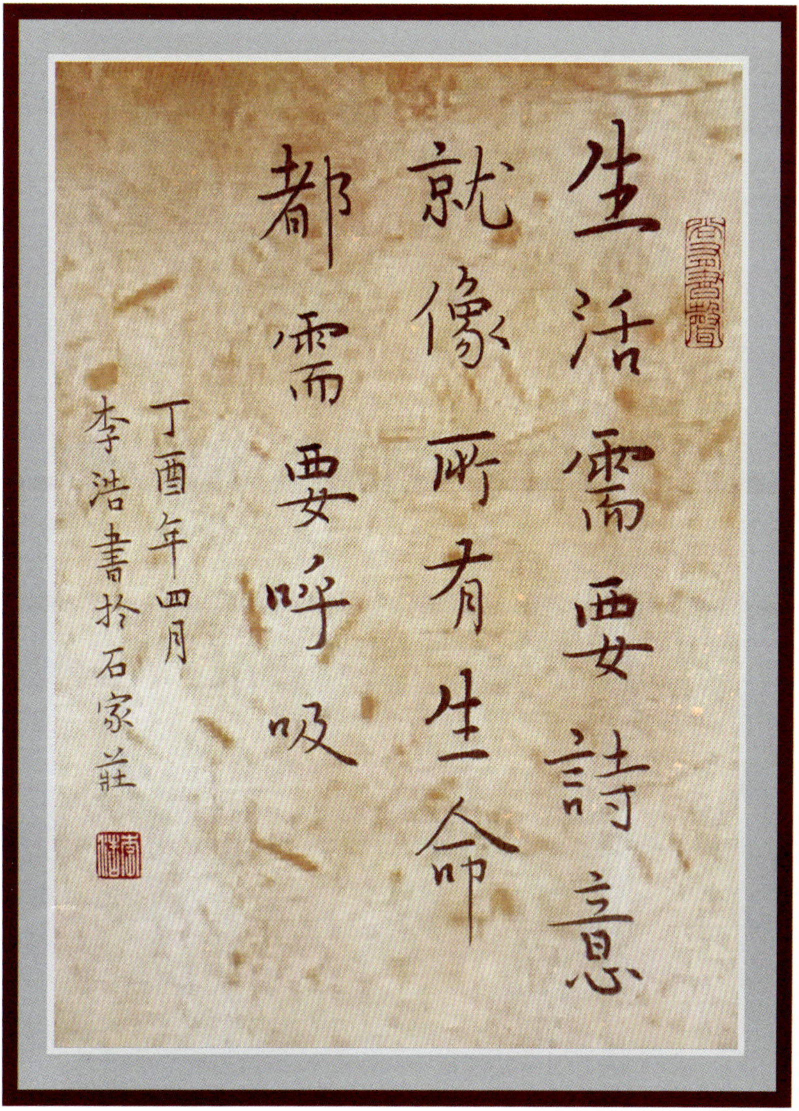

李　浩：河北省作协专业作家。曾获第四届鲁迅文学奖

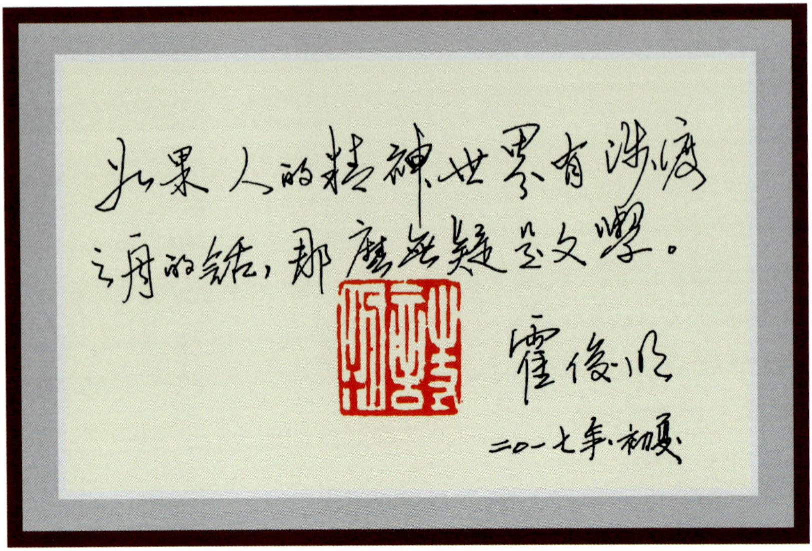

霍俊明：文学博士后，诗人、评论家，现任职于中国作家协会创研部

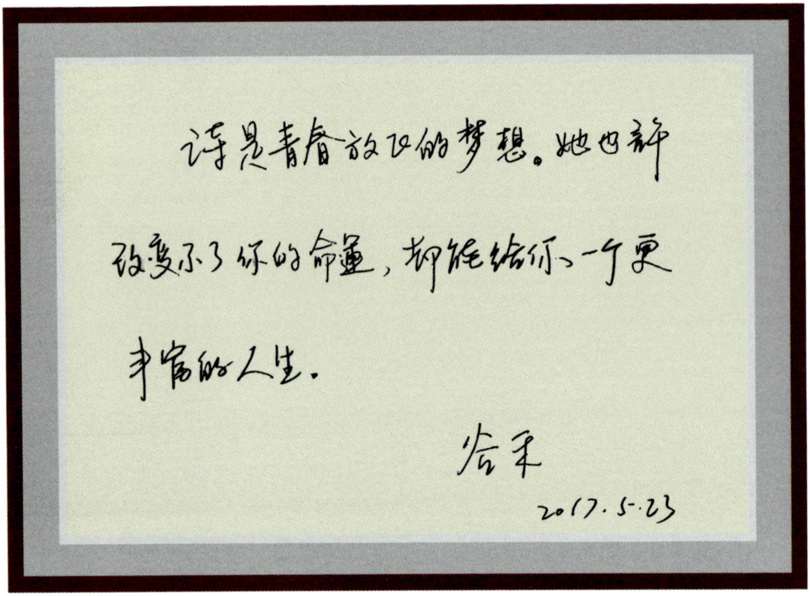

谷 禾：诗人，十月杂志资深编辑

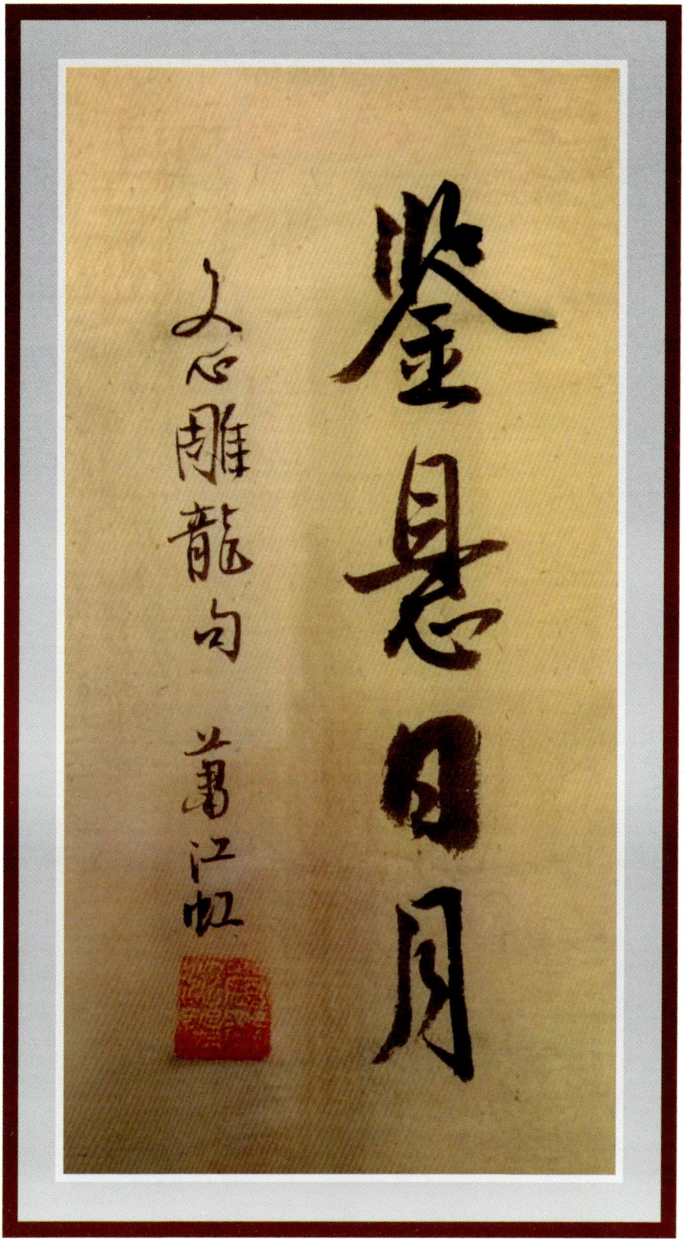

肖江虹：贵阳市作家协会主席

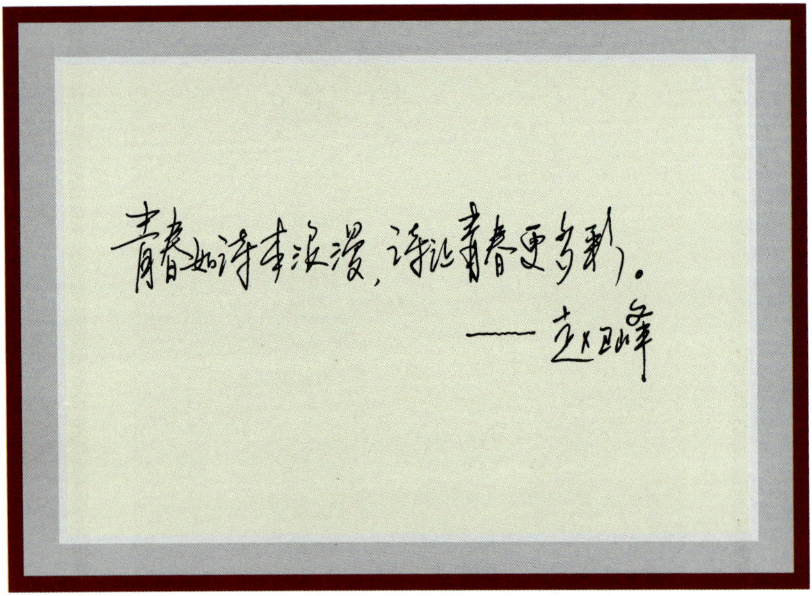

赵卫峰：诗人，中国作协会员

人文素养与诗性情怀

肖远平

有一种观点认为，当代诗歌已经走入轻浅时代，不仅低俗化、娱乐化现象严重，而且诗坛乱象丛生，种种名目的诗歌活动太多太滥，出现了圈子化的倾向，诗歌的读者大多就是诗歌作者，写诗的人比读诗的人多，“诗歌江湖”之谓由此而来。但也有人认为，当代诗人中有着更多的理想主义者，诗歌也比其他文字更纯粹、更真实、更见性情。

看问题的角度不同，这两种说法都有各自的道理。

确凿的是，当代大学生对诗歌仍抱有极大热情，青春一直是诗歌最大的优势，借助网络、新媒体、校园诗歌社团以及出版发行诗集或诗歌刊物，青春诗歌活跃于大学校园及各种各样的诗歌聚会。在大学生手里，诗歌俨然是最有“气场”的艺术，特别能够聚集人气。对社会上的各种诗歌刊物和诗歌团体而言，大学生也是强大的后备军。

近日，中国少数民族文学学会、中央民族大学文学与新闻传播学院、贵州民族大学人文科技学院、贵州省作家协会《南风》杂志共同举办的首届全国大学生“民族节拍·多彩青春”新诗大赛，有100多所高校的3000多件作品参赛。获奖作品来自全国17所高校。尽管组委会在启事中强调，参赛对象应为国内民族院校大学生或非民族院校的少数民族大学生，但超出这一范围的应征者大有人在。有充分的理由说明，大学校园是当代诗歌生产、传播和鉴赏的重要基地。对与诗歌有关的活动，高校往往乐此不疲。按说高校的根本任务是培养各种合格人才，学科门类与专业设置除人文科学外，还涉及理、工、农、医各个领域，与诗歌有关的学科或专业仅为其中一小部分，高校为什么热衷组织或参与此类活动？非文科专业的大学生，为什么对这类活动又如此踊跃？对此，我认为答案只有一个：合格人才的人文素养不能缺少诗性情怀。换一种说法，诗性情怀是人文素养的题中之义。这个道理，不仅大学生懂得，举办方更是心知肚明。

我们知道，人文素养并不仅指知识的掌握或能力的具备，还应当包括价值观与人格的养成。一所综合性或专业指向非常明确的高等学校，之所以要发起或参与大学生新诗大赛，并不代表只重视其中的文学学科，更不是要把所有学科和专业的学生都培养成诗人，那样做是违背常识，也违背高等教育规律的。对于一所学科门类众多、专业设置齐全、人才培养目标完全不同的综合性高等院校来说，组织或参与诗歌大赛的目的，是为了彰显中华美学精神，是为了弘扬中华民族优秀传统文化，是为了培养健全的人格。而诗歌正是这种精神和传统的最佳载体。作为迈向新世纪的大学及新时代的大学生，需要注重用优美的诗篇来陶冶情操，表达真挚、热烈的情感，用激情的诗篇来赞美年轻一代的青春和理想，用博大的胸怀呈现当代大学生对人生、对前途命运的思考。在他们的人文素养中，应有良好的人格操守，对理想、未来、事业、家庭应葆有热情、激情和感情。而这样的精神境界，就可谓诗性情怀。今天的大学生可以在专业上各有所长，可以不写诗歌甚至不喜欢诗歌、不读诗歌，把自己更多的时间和精力放到专业学习上，但是，对一所合格的高等学校来说，绝不能没有自己的办学理念，绝不能没有自己所倡导的人文精神与诗性追求。作为一名合格的当代大学生，更是要为这种人文素养与诗性情怀奋斗一生，拼搏一生。对他们来说，诗歌不仅可以用来抒发自己的家国情怀，阐发时代的正能量，拨动读者心弦，更重要的，那也是人格操守的必备内涵，是一种自我精神的塑形。在当代大学生充满激情的诗歌想象、诗歌表达和诗歌鉴赏中，一定有他们的精神家园，一定有中华民族伟大复兴的宏伟蓝图。对更多的大学生来说，无论有怎样的学科背景，无论学的是什么专业，一定不能缺少诗歌精神所蕴含的人文追求与责任担当，而这一点，正是高校举办诗歌大赛的宗旨。

目　录

害怕一个人走在长街上（组诗）……………………陈再雄（1）
流年书……………………………………………………西　伯（5）
忆（外一首）………………………………………于红韦（10）
龚滩（外四首）……………………………………严　欢（15）
光盲（外三首）……………………………………刘　霞（20）
祖国，请允许我点一盏灯…………………………龙君昊（29）
樗之死………………………………………………马　聪（32）
寒极雨极……………………………………………马浩楠（35）
行走在铜仁路上……………………………………毛　灿（40）
旅途之中（外二首）………………………………张　洁（44）
车过发耳（外九首）………………………………熊生庆（49）
青海湖（组诗）……………………………………郑华奇（54）
陈再雄的诗…………………………………………陈再雄（57）
夜郎书（组诗）……………………………………曾入龙（66）

暮　色…………………………………………………… 陈民华（78）
门（外一首） ………………………………………… 杨　播（79）
三月，我愿你温柔（外一首） ……………………… 卢正清（82）
今年最冷的一场雪（组诗） ………………………… 雪域狼（85）
诗人是落地的尘埃…………………………………… 李司平（88）
女人和寺庙（外一首） ……………………………… 彭智烨（93）
过去的歌（组诗） …………………………………… 王祖琪（96）
城市的冬（外三首） ……………………………… 陆俊君（100）
致 W ……………………………………………… 杨仲原（105）
冬天去了哪里（外一首） ………………………… 王子天（108）
莽原（外两首） …………………………………… 田　剑（111）
哲学史诗 …………………………………………… 刘　源（114）
那些死去的人（组诗） …………………………… 莫朝县（116）
我在人群中看你（外一首） ……………………… 赵定隆（122）
倾　听 ……………………………………………… 安　欣（125）
彝人，坚强的孩子 ………………………………… 杨　磊（126）
神秘楼兰（外一首） ……………………………… 刘懿璇（128）
我喜欢做梦 ………………………………………… 董泽雄（130）
启　程 ……………………………………………… 秦崇文（132）

岁月无疆 …………………………………………… 黄　娴（134）
微暖时光 …………………………………………… 丁　芮（135）
绽放劳动美，点亮中国梦 ………………………… 李　浩（138）
那年夏天 …………………………………………… 蒋梦平（140）

害怕一个人走在长街上（组诗）

陈再雄

秋天向左，心脏靠右

坐南朝北，左顾右盼
和你最近的距离是如此模糊
这个夜晚心跳得很厉害
把你的头发融入指尖是觳觫

街道提前结上一层厚厚的冰
还是有许多没有提前进入冬眠的东西
在骚动，犹如步马兰皋的情景躺在春色里
血肉模糊时，没有人会觉得可耻

夜晚公平得无可挑剔
把寒冷均匀地分散在
每一寸外衣没触及的皮肤上
接吻，拥抱，惺惺相惜的独幕剧在上演

老 张

老张的耳朵越来越模糊
那些腌臜的喧嚣越来越模糊
敬老院里的那杆大烟枪越来越亮
老家的断壁残垣上长满了草
竹叶填满了整个屋基

他父亲的坟头被风和锄头削弱了
他母亲的身体已经变成了厚厚的泥土
种上了洋芋和玉米
坟圈内多了收割剩下的秸秆

老张在渐渐地淡忘
淡忘了酸菜填饱肚子的以前
淡忘了那片竹林里风的叫声

老张还在生活
生活在垃圾桶里塑料瓶的视线里

老张在模糊，就如所想象的那片天空

害怕一个人走在长街上

很害怕，我害怕遇上狗
很无耻的是怕遇见狗撒尿
大雁，青蛙，白马，天鹅
都盘旋在周围，似乎密不透风
一口老井上空悬挂着天鹅的脚步
所以我走在长街是一种羞耻
总是心惊胆战
看着长街无尽头而产生不安
夜的深邃把握着天空的高度
我的害怕，有的漫步在其间
有的迷茫在周围，慢慢地化作一个距离
有人说它很近，有人说它很远

这是一片天空

允许或不被允许的梦
徘徊的骆驼
穿越了一条干涸的河道
一切都在寂静
除了那入耳的驼铃声
在天空中涂上黄色的沙土
前面的路是那么的渺茫

遥遥而无期
此时，谁是一个牧人
直接把一只羊赶在前面

以一条河去幻想

这个秋天一直占住冬天的位置
阳光被保鲜
把阳光一层层剥开
炙热的皮肤散落山冈
或平铺在花溪的上游
一群没有落魄感觉的人
背负着一个纯洁的灵魂
以一条河去幻想
幻想着被折叠的季节
还有曲折的爱情
当然不想抹去的记忆
这个冬天
我首先想到的并不是孤独
而是一个个暴露在镜头下的微笑
以一条河去幻想
紧跟它的流向

（首届一等奖作品）

流年书

西 伯

1

我要说的是梦想，是寒夜微弱的气息
此时，是贵阳的冬季
躲在被子里的人，无需风吹雨打
而我会突然想起一个小山村
一间小房子，恰好可以挡住
乱窜的寒风。美丽的火苗
在寒夜燃尽之后。清晨，玻璃上开有冰花
木棉上的冰凌像极了点缀
道路上绝对不会有人
道路上的冰还没破裂，但再过一会儿
会有一群孩子，赶着牛羊路过
砍柴，点燃火焰
但此时是贵阳的冬季，一座都市的
寒冷。花溪大道上的汽车尾气
不敢嚣张。还是清晨，站在天桥上的人

或许会有些无奈，车辆疾驰
来来往往，奔忙。风从河面吹来
吹乱几丝头发，也吹起一些尘埃
又是一个寒冬，此刻，生而不死
便是梦想

2

此刻，想要唱起南方的歌谣，是名《南歌》
是南方夏日的艳阳，温暖若流水
在地图的西南角，北纬26.35，东经106.42
这便是一场爱情。是拂水而过的飞鸟
也许他曾经在此，看不死的风景，看
芦苇、水鸭、竹林、游鱼、残荷
也许他曾经在此，牵着一个姑娘走过
青石的地板，通幽曲径
但，并没有爱情。飞鸟已逝
无法打破一场尴尬，及流水的话语
此刻，大风向西，流水向东
很多的东西成为空白，也像漫天的碎片
堆积成冬日的雪。爱情，是骨肉里的水分
千年的木乃伊，生而不死，无爱
《南歌》已不再唱起。西风无意
梦便只到此处

3

此刻的爱情只到此处，此刻的时光
还在流转，我想说起，一年
寒冬还未结束的时候
新年还未结束的时候
父亲在手术台上，取出了多年的疼
那时的月色也如这般沉静
也如这般寒冷
母亲泪流满面，却也还要说着坚强
我会躺在夜里，泪水向两边流淌
左边是住院部的父亲
右边是病床边流泪的母亲
是的，我会伤心。不用强说忧愁
他们是从远方回来的，此刻
他们还在遥远的地方

4

想要描述这样一个场景，那是浙江的夏天
一家工厂的三楼车间中
悬挂着许多的青年，他们来自各地
没有话语，但满怀悲伤。手上的活儿
永远都做不完
一条流水线也永远的转动

整个夏天的热能都聚集在此
他们的汗将衣服打湿，又干掉
打湿，又干掉。一直循环
乡愁在此显得很多余，家乡不会这么热
家乡长在山林之中
但，既然选择了远方，那必须得要流汗
有些使命其实也很简单
新年快到之时，为家中老人小孩买点衣服
为小孩下学年的生活留一手
……
但很多简单的事却很难完成，而
远方则是必然的代价

5

由此，便要把远方分解。放弃支离破碎的浪漫
一望无垠的星空、奔跑的姑娘
浪漫化成了灰。
远方由此变成细微。风一更，雪一更。
寒冷一层一层地堆积。早起的人步履飞快
十几年就崛起的工厂，流水线停不下来
一年，两年，三年……
许多年
此刻是上班时间，刻不容缓
一大群人，像搬家蚂蚁般的迅速地走到
自己的岗位，机器的声响，一天一天的爬进

那个妇女四十岁的容颜
也有灰尘，掉落在那个五十岁男人的脸庞
就是用刀子刮，也刮不出来
他生命的颜色带着灰
带着远方这个不美好的名词
我在此处写着远方，虚构的人儿真实地活着
活在这一年，我目光映射的地方

6

黑夜再次降临的时候，我看不到黑夜的阴影
黑夜把阴影一夜夜地堆积
然后在白日释放，在阳光的背面
也许我在黑夜说了太多的话
有关梦想、希望、爱情或者是食粮
然后它们在白日的生活碎成了片
割伤了我的脸。我会看着阳光
直到视线模糊
在黑夜再次来临的时候，睁一只眼睡觉
闭一只眼失眠
而在床边的桌子上，我会摆放一只水杯
无法抱紧自己的时候，便喝上一口
我会原谅自己，这么多年
也没来得及数数自己储存了多少的阴影

（首届二等奖作品，作者原名陈民华）

忆（外一首）

于红韦

当再次谈起青春的时候
我正在西去火车上
路上的风景和我一样
都是过客
伸手能触到云彩的西藏
是你我曾经的遥望

我在双手合十的晚上
渴望一双翅膀
飞过现实的荒芜
飞过欲望的深谷
飞过美好飞过一切
停留在你的身旁

我在静坐如时的晚上
数到第二十颗星星
它如青春般闪耀

收得下过去
也给了未来

我想我再也不需要翅膀
明天冰雪封山的时候
你也光着双脚
站在翻山越岭的尽头
正当年少
所有的秘密
没人知道
请你在春天到来的时候
轻轻地唱
唱一首关于冬天的歌谣
漫漫长长
青春啊，我在你温暖的路上

秋　水

秋天是无端被剥夺了快乐的季节
虫鸣、雨滴、场内嘈声不绝
佳人是痛苦的

佳人挑了挑眉
啊，那如远山般的眉头
佳人是痛苦的

巾帼眼波频动
那如秋水般的眼睛
巾帼痛并快乐着

娇呵没有了
杨柳般的身姿褪去了
巾帼是快乐的

正如山洪的浑然壮阔
也霸道凶蛮
女儿心，不爱红装爱武装

听说，张川下雪了

听说，张川下雪了
不是很大
刚好熄灭了火花
当年的操场湿滑
我们却玩得很傻

冰凉凉的雪花
从天空飘下
记不清是谁
第一个将篮球从窗口抛下

然后叫嚣着
像疯子一样冲锋而下
倒了爬起
白色的头发冒着热气
回到教室
再碰上那几个调皮
保准会有雪球灌进你的领口
用体温消融冰雪的勇气
自那时便有了记忆

听说张川下雪了
刚好盖住了牵挂
曾经的你我很傻
动不动就用誓言说话

滴答答的雨水
从屋檐落下
让人分不清
是雪水还是雨花
若是再来个午后阳光
倒让人回到了雨季的时光
原来北方还能像江南一样忧伤

坐在窗前
眼前是雪花般零碎的记忆

蓦地惊起
才发现自己醉在雪里
用你来代替一切的诺言
从此便不能忘记

听说张川下雪了
虽然下的很少
虽然只是听说

（首届二等奖作品）

龚滩（外四首）

严　欢

龚　滩

——给被整体搬迁的古镇

千年来你卧在江边
江水便是你
从未惊醒的梦
梦　会唱歌

挑夫、农人、客商
历史在一双双草鞋下行走
光滑似渗入石板的岁月
在土家男女的爱情里
老者的晚唱里
如此平静

而如今你是真的
永远躺在了你的梦里

虚空的骨架
被高高晾在另一座山梁
冷漠的脸　人来人往

兵马俑

站立在大地的躯体里
目光比死亡更黑暗
在一个无休止的长夜
手握冰冷嗜血的青铜
忠守着地底骄横的亡灵

在你的头顶
不可一世的城墙
早已被历史推倒
坍塌成了一片绿色麦地

花将根系刺进无边的幽冥
死死地缠绕住你的头颅
然后将一抹寂寞的血色
开在了另一个
与你无关的世界

史书一角

你属于一段
不属于你的历史
不是编年
更没有纪传的可能
你的出生死亡
以及你施舍过一个乞丐
或者失去爱情
都不会记录在册
甚至你的名字

“是年南方大雨，涝
溺亡者数百计”

诗人的方式

——致敬海子与昌耀

把孑然的一身交给铁路
与滚烫的车轮亲密接吻
让自己开成一朵放肆的大红花
灵魂终于获得自由
骑着梦的马儿巡视祖国的河山
这是诗人的方式

或者留下最后的诗歌
向着高原的阳光跳跃
垂直向下致敬牛顿
做一次没长翅膀的鸟
只此一次足矣
这是诗人的方式

真正自由的，人
从来没有拒绝
在寒冷的季节
留下一些，温暖的骨头

魂归路

——致失落的马航 MH370

1
你浑身湿透
你满眼泪水
你恨透印度洋万重海水
与万重青天
你随着海浪与海风飘荡
在茫茫黑夜与巨浪中
寻找归路

2

今夜我只愿上帝
住在大海里
今夜我只愿那些鱼儿
没有饥饿
今夜我只愿灯塔长明
为寻找归路的
湿漉漉的亡灵
温柔地指引

（首届三等奖作品）

光盲（外三首）

刘　霞

最左边的左边
晚上的风吹得偏了
树上掉下三片叶子
我，只是偶尔踩在上面
咯吱声，从我的脚底响透每一根神经
像一根绑在悬崖两头的钢丝，紧绷着，又不敢用力
一步步挪动
像被一只毛虫附体
又或是失去骨头，紧贴着钢丝绳
两边回荡着，寒冷和阴风
漆黑的夜，伴着被撕扯卖弄的稀拉掌声
一个人在，练习叹气

吃吃喝喝，睡睡醒醒的明天
我从床上醒来
喝着昨天剩的半瓶牛奶
记得昨天也喝着隔夜的牛奶

醒来，也是一样的睡眼蒙眬
记得，所有的今天是战场
我仍旧，是睡着的
袜子里只能裹住一个人的灵与肉
被子上的百年之后，还能装住一个人的生与死
床下的一抔土
立成一个碑
碑上竖着的名，成为灰尘，灰尘里透着白色新芽
哪里新芽，就是骨髓里沁出来的呼吸
我是趴在十五楼的窗口
往下看的
这场战役我无疑是王者
我往下看，看见的是自己巨大无比的脸
鼻孔里吹着干瘪的，糜腐的臭味
脑子里凑成一团团，雕砌得令人惊羡的字符
站在轨道上，预定了所有的时间来规矩地移动，吃食、交配、生活
像一千年前，踩在这片大地上的人一样
我相信，有人不甘心死在床上
我相信的人，名垂青史，变成了骨灰
我就站在，被无数唾沫蒸干的土地上，浑浑噩噩，醉生梦死
苍老在暮归的床上

丁兰尺的一尺，敲在眉心一点

我就安安心心的，落在方寸之地
不想让任何人记得我的名
我不愿意被这个王者冠名
一个，人，练习哭泣

两天前，我发现
这个世界已没有了人
我望着形形色色的，颜色分明的拼凑的板块
标准化的合成语音
有板有眼的动作
完成生与死的姿势和繁殖的命令
最后期待死亡
并对死亡下了新的定义
尘世没有通往幸福的桥
造桥的人都在悬崖边上枯成了青苔
青苔枯死后成为一个石头做的胎盘
蚂蚁一般的字符上，刻写出来了文明曙光
只是悬崖上，依然点不亮，任何一只眼睛和嘴巴
来，看看这个世界
说说，这血雨腥风
哦，今天才吹起一点涟漪
浮云遮过去的，不再是太阳
是吞噬炙烤的恶魂灵

太阳不再是宇宙

宇宙不过是光线中透亮的尘埃、
尘埃里浮尸便地，繁华成堆
尘埃的控制者都在忙中偷闲，
一边坏笑，一边饲养屠杀
而我只是，静静地静静地看着
锋利的白光中晃眼的阵阵光芒
看不见最底层包裹的祸心是一柄刀刃
捅向我的眼睛
我唯一看见的光明啊
忙着，练习呼吸，死亡
有面对海啸地震的勇气
却熬不过被时间苍老的命运
苦难面前都是英雄
生活确是行凶者
盘剥掠夺，
从受难者身上消化最后一滴气息
从英雄的丰碑上夺取最后一块布履
从历史的棉被上扯去最后一星棉絮
再从孩子的眼睛里，夺走说实话的权利和童真
所有活着的眼里，都看见了死亡
所有吃喝着的人的头上都顶着墓碑过活
所有嗷嗷待哺的孩童嘴里，都藏着一个死魂灵的咒语
咒语埋在土地里，长出果实
埋在海洋，长出新海
埋在天空，长出刺刀，直勾勾地向着大地伸手索要

生命

赤裸裸的白光，我看得清晰如同盲子
我是盲子
我也只是，可怜的祈求者
我的眼睛也只能
看看天，看看天

玫瑰之死

空气中凝聚着蔷薇般的气息
浓郁里充斥着压抑和狰狞
我摘下它的瞬间，它死在我的手心
之间还萦绕着余香
我便中毒成瘾

白发苍苍，我把它染成火烈鸟那般透亮的红
跳跃的苗子
丛林深处如招摇的火狐的尾巴
又像彩虹那般浮夸的绚丽
皱纹刻出百褶裙那般的纹路
我把它理顺了别在酒窝深处
凝结成痣

任我痴狂，上帝让我明白
我不再是孩子，不该等候爱人

在床上等着天使靠近将我唤去云端

等　待

如烈火般，炙烤我的喉咙
我怕唤不出你的姓名
如浑身长满深刺
我不见你时，便是千疮百孔，溃不成声
我寻到你的时候，你刚好抬头看我
我便将自己打包放进你新婚的帐子
疯狂是看见你眼里一丝火光，便泛滥成一场灭绝的爆炸
所有人成为灰烬
你站在我面前唯我俯首称臣
真正地深爱一个人，嫉妒足以毁灭世界
成痴发狂
你望向我的炙热，让我舌尖发颤
心跳骤停，将自己的热量聚集，燃烧成太阳
只许你向我看齐
任其他生死何干

感觉你在我身边，却隔着天涯
呼吸心跳和我一般节奏
痴缠不够
有了河马的胃却抱怨了樱桃般的口

我为你痴守
酒窝深处
深情只限你一人

归　来

男人的号角是征途
女人的号角是坟墓
回来时，不过枯骨两重
我守着你的方向，站了三年
你等过我的树下，守了三年
我最渴望的声音没有出现
裙裾下人来人往
像发了酵的苹果
膨胀，酸臭，糜烂不堪
还是光亮的红
我和树一块生死
我将自己活埋在它的根下
和它的根一起
寻你的气息
它和我一起探寻到万里之外的土地
直到寻到地心，才暗暗而归
地心里充斥着岩浆，那儿没有玫瑰，也没有火红的颜色
蓝色，来自普朗克温度的蓝色

我化作灰烬，只怕也填不满那张巨兽之口
巨树底下，是我浅浅的坟

归　宿

交汇点，你用红色刨开我周身的浅蓝和黑土
伸手向我
你手中的骨灰，是我安放等你归来的酒窝
我看不见
但就是你，我知道
灰烬里的死灰知道，你的温度
足够让死亡复活，让死神也颤抖
你还是选择躺下
小小的坟头，没有一份祝福
没有谁想去违背上帝
尽管爱情与他是独一无二
唾沫，秽物
堆在他们头上
在那竖起告诫的碑
他们得不到所以尽全力去践踏，禁忌

玫瑰花
一夜之间
和她们一起睡去
之后

玫瑰里没有了爱情
玫瑰已经完全的死去

（首届三等奖作品）

祖国，请允许我点一盏灯

龙君昊

点　灯

点一只灯盏，在烈日下独行
封闭眼睛和耳朵，不去想一片云的纯洁
然后循着某只疯狗的踪迹，看一朵莲花盛开

也　许

也许不该让一块钢板植入身体
也许不该让一根钢管长过身高
也许没有也许

脚手架

用一只鹰的翅膀在脚手架上，练习飞翔
直到一缕头发从燃烧的风中落下

深深勒进瘦弱的肩脖

远　方

想着想着，故乡就在相思里变瘦了
走着走着，家就在空中散掉了
迎着风行走，只问远方

钢盔，永远的梦

所有务工者，都希望拥有一顶钢盔
某天高楼上落下一小块混凝土
他们就坚定了这个梦想

车　祸

幺娘深情并茂地向我诉说，一个同行的死亡过程
并不厌其烦地叮嘱我注意呼啸的车子
从踏入城市的那一刻起，我常常下意识地靠边

三叔住院

从住进医院的那天，三叔就笑呵呵的
像一只骄傲的公鸡，在小村里，四处炫耀
钢钉植入身体的那一刻起，老板扔给他一万元

往事如烟

一滴汗从额头落下，大雨滂沱
一株草在风中枯萎，“妻离子散”
一个人从高楼坠下，往事如烟

（首届三等奖作品）

樗之死

马　聪

（一）

老家屋后的两株木耆树
走过了三十多个春秋
终究溺死在沟畦象的凝胶里

庄子的大而无用之木
却是老父心中的树中之王

（二）

在我未瘫之前
哥哥还在我们身边

父亲常常朗笑着告诉
那是我和哥哥新屋的房梁

北方的父辈们
一生的夙愿是给儿子娶亲，修房

（三）

三年前，哥哥去了南方船厂
消息像极了失踪的马航

一年前，我瘫在了炕上
从此
父亲的愿望也夭折在了北方的天空下

今年，椿树大片大片地死去
父亲开始唠叨
“死了，死了，都将死去”

一个薄年

几分薄地，在一个雨水泛滥的年成
收了几颗瘪粒
父亲从始叹到结尾

不久过后
薄地长满了厚草

我和父亲上了山
此时，父亲只是轻声一句
活了六十多年
还没见过这样的荒地

我在一旁笑着父亲的固执
笑着笑着
眼泪就打湿了几寸土地

雪

不予赞美的雪
轻飘飘的眼神
一旦有个不慎
坠地后再也不能完整地爬起来

如我，一段和雪有关的美好爱情
缓缓融进时间的瞳孔

也与其他，一半抖身甩脱尘埃的沾染
　　　　　一半深深穿透大地的腑脏

（首届优秀奖作品）

寒极雨极

马浩楠

一、乞拉朋齐的独白

我无法静心地待在这里，奥伊米亚康你冷冷的背影叫我喘不上气。

如果可以我多么想要远离你，可为什么让我看到你眼角泪的印记。

我发誓我想要融化在这倾盆大雨里，顺着河道流到被冰雪覆盖的你那里。

让我吻一吻你雪白的脚踝吧——啊！奥伊米亚康，乞拉朋齐真的想靠近你！

二、奥伊米亚康的独白

十几年的光阴，我仿佛过了好几辈子那么地长。心心念念痴痴呆呆傻傻地笑着等着，眼流泪着。

心里破了一个大洞，几年来没有要愈合的倾向。只能看着风汩汩地灌进来，疼得窒息没了声响。

空荡荡的胸腔里，有奥伊米亚康的笑声在回响。眼泪滑下来没有人看到，偷偷地擦掉依然微笑。

我是坚强的打不倒的小超人，我对所有的人说。我是打不倒的坚强的小超人，所有的人对我说。

三、乞拉朋齐的呼喊

亲爱的，我是否可以把自己当一朵花；

亲爱的，我的藤蔓钻进你的指缝生长；

亲爱的，我只想过要盛开在你手心里；

亲爱的，哪怕你不会在乎也不会怜惜；

你不会看一眼嗅一下甚至不会记起他是一朵花，你不会知道他醒着的时候想看到你，睡梦中想见到你。

你不会知道无数个夜里他低声地呜咽眼泪肆意，你想的是这莫名其妙的存在是谁啊？快点随风而逝吧。

你所想的是眼前风光无限好，可你不知道他开始讨厌自由。他愿意放弃一切被捆绑，哪怕碎在手心里。

他终于按捺不住豁出一切大声地说爱你。他爱你他爱你他爱你啊，可是你在哪里——在哪里！

四、奥伊米亚康的呼喊

奇迹之所以被称为奇迹就是因为它几乎是不可能发生的，是随机事件中的小概率事件。

我不是上天的宠儿所以说奇迹不会发生在我身上，也不会眷顾我给我什么特殊的待遇。

我一直都知道人是应该要知足的，掂一掂自己几斤几两然后再看看别人是怎么对你的。

不是谁都需要可怜巴巴地讨好别人去得到那些莫须有的情谊，也没有人有义务对你好。

尽管你做得很好但人家没有强求你更不会在意你所谓的付出也不会把你的好记在心里。

世界就是这个样子所以你完全没有必要抱着一堆破碎的心事成天沉浸在所谓的悲痛里。

要是不安要是孤单要是迷惘彷徨要是不知所措要是同情自己，就给自己狠狠地两巴掌。

连村上都说同情自己是卑劣懦夫干的勾当。对着镜子看着自己微笑，然后你不是弱者。

五、乞拉朋齐在低吟

突然之间就眼泪肆意，突然之间思念泛滥开始想念很多的人。莫名其妙的愁绪满满，莫名其妙的坏脾气以及想当然所以然。

我是个高傲的野孩子，在青春里横冲直撞义无反顾跌跌撞撞。四季变换着反反复复，但我依旧倔强哪怕很孤独也绝不认输。

回忆是泛黄的旧拼图，搅起人心里变得不太刺眼的那些波浪。美景从眼前浩荡流过，又怎能总纠结于过去而此刻无动于衷。

想要释怀的有那么多，决心在敞开胸怀拥抱明天之前把一切都原谅，成长是一场盛大的蜕变，我要成为一只勇敢娇艳的蝶。

六、奥伊米亚康缄默之后

遗忘是一件非常不容易的事情，可是我们都不得不这么做。初尝无望感觉的时候心里就已经破了个难以愈合的口子。

可要强迫自己告别这无望的时候，口子又会被深深地撕裂，让自己生生的疼却还得红着眼眶自欺欺人地说：我很好。

一边凝视着这血肉模糊的口子，一边听着呼啸的风汩汩地灌进来的声音，还逞强地说这样对自己好对所有的人都好。

一边使劲地按住胸口，一边摇着头想不通自己是那样擅长言说的人，可是面对这些却总是无从启齿，那么不知所措。

就算经历过许多就算深深地了解，又能怎样呢？我们都已不是不谙世事的少年。那么想要如果，可是从来没有如果。

只能一边背负着从四面八方压过来的越来越多的包袱，一边气喘吁吁，一边若无其事擦着汗说：我得对自己再好点。

七、乞拉朋齐的终言

脉搏不再跳了，时间也终止了。我用了无数个日夜，倾尽了最后一口呼吸，终于靠近你了！

我哭了，于是乞拉朋齐下了一场从未有过的大雨。每一滴雨上，都映着你的样子。然后我看见，全世界都是你！

亲爱的，奥伊米亚康：

我以为当我的大雨坠入你冰冷的气场里，会结成冰珠滚落到你不会看见的阴暗角落，

我以为当我匍匐到你的脚下然后没了呼吸，你不会有一丁点的在意，

我以为我自始至终都未曾住进过你的心里……

可是可是，我却看到我的大雨一滴一滴渗入了你的身体，穿过了血脉渗透到骨髓里！

我看到了你皱的紧紧的眉下面眼泪肆意的苍白又慌乱的面孔，我看到了你肿得快要裂开的眼眶里的痛苦隐忍和绝望！

亲爱的，奥伊米亚康。从来没有一刻，我能像此刻这般幸福。尽管你在寒极，尽管我是雨极。

注：

1. 乞拉朋齐：乞拉朋齐位于印度东北部梅加拉亚邦，坐落在布拉马普特拉河南侧东西走向的卡西山地南坡的一袋形山坳中，海拔 1313 米。纬度为北纬 25. 3 度，经度为东经 91. 7 度。1861 年，位于世界屋脊喜马拉雅山南麓的印度梅加拉亚邦的乞拉朋齐，一年里雨量达到了 20447 毫米，夺得了世界“雨极”的称号。

2. 奥伊米亚康：俄罗斯的奥伊米亚康位于东西伯利亚，雅库茨克东北 800 公里处、因迪吉尔卡河上游。冬季严寒，是北半球最冷的地方之一。也是最冷的永久定居点。只有一条科雷马公路通往雅库茨克。奥伊米亚康有“寒极”的称号。

（首届优秀奖作品）

行走在铜仁路上

毛　灿

（一）

清晨，在湿漉漉的熹微里
我从北门开始
沿着流云一样的小路行进
日光、绿叶、行人
迎春花消失的踪迹
且如我的脚步，从未离去
风经过的时候
我急促地眯起了眼睛
刘海迎着风的方向散乱一片
仿佛前方的路口是家
有一天，母亲在那里
让我在一群蚂蚁里寻找童年
还有一些我失去的乐趣
一下子，铜仁路像一道口子

一道回忆的口子

（二）

傍晚，在一个背影连着的秋天
脚跟连着秋风
吹起我如同家的思念
火车从山头慢摇摇地划过
校园里的路，小路上的人
以及插在兜里的手
和着万年青——微笑
顿足、遥望、匆忙
穿行在这条乡愁浓浓的路上
故乡的秋季，校园的广播
渗满了金黄色的稻香
我静静的，一如静静的我
想起了一场阳光
陪我行走在铜仁路上

下雨天

1
夏季，以一场雨开始了缠绵
我茫茫然，伫立在行人中
遥望　顿足

学着猫儿一样的步亲吻着大地
雨的年纪　　雨的梦幻
很小心的，很小心的
照样淋湿了我美丽的头发

2

雨，下得很欢乐
伞下的世界藏满了寂静
校园里的路灯与人，楼道里的静
一切，都深深地配合了雨色
寂静的
还有那朵无名的小花
等待着一把伞或一个采花的人
她说，这一次的离开
是风　是雨

3

瞧　雨珠子连成了无尽的帷幔
我是否可以伴夜而眠
窗外　没了歌声　没了拖行李声
匍匐的鼾声被夜悄悄赶走
汽车连轧着水
在哗啦声中扫马而过
雨水太多，淹没了一夏

雨水太多，落光了一地
还包括那年轻的甘地

（首届优秀奖作品）

旅途之中（外二首）

张　洁

用青春换一场旅行
在尼泊尔遇到女神库玛丽
浓妆淡抹下的淡然
眼神里的澄澈
她无法行走
也注定无法步入凡尘

去的遥远的以弗所
那断壁残垣
将时光流回数千年前
时光斑驳的古城墙
诉说着一幕幕动人的历史

去埃及的锡瓦
那被世界所遗忘的地方
有着最纯真的眼神
去撒哈拉之中

面朝麦加
虔诚地跪拜
救赎心中的自己

去自由的摩洛哥
饮一杯薄荷绿茶
尝遍涩与辣
如品尽人生百味

去梦一般的波尔图
在杜罗河畔
酒香微醺
品一杯波特
听一曲独唱法朵

去斯德哥尔摩
那城自己
那自己的城
跳一场华丽的舞
轻盈的步

去那奢靡的萧安
那蓝色的墙
彩色的梦
山风吹过
茶香萎靡

你是否懂得了旅行的意义

哦　江南

我行走在这烟雨朦胧的江南
期望着下一秒
雨幕中将会走出怎样的人
我想
他定有着水墨般漆黑的眸
那如葱般的双手
定擎着一把墨绿色的油纸伞
着一身灰色长袍
就这样
一步步
轻而易举地闯进我的梦境
他踏着轻盈的脚步
扑通扑通
是他的脚步声？
不
那是一只小鹿
它逃进了我的心里
迷了路
一下一下
撞击我的灵魂

流　浪

我愿去做一个
流浪的歌者
用我如火的青春
燃烧掉那藤甲
去进行一场声势浩大的
游行

我要去那水色的江南
跳进那烟雾朦胧的西湖之中
我要去那厚重的西安
踏进那威武庄严的陵墓之中
我要去往这世上
所有人未曾到达的地方
逃进那神秘之中

我路过秦时的长城
住过汉时的宫殿
看到李白曾吟诵过的
那一片
银色的月光

我看到那风韵犹存的琵琶女
用一曲《长恨歌》

诉尽心中
无言的惆怅
似悼念她
那场风花雪月的青春

渔夫
撑一支长篙
横渡江月
流浪在山河间
吟唱着千百年来无言的歌

那醉翁
似醉非醉
游荡在这人世间
笑遍这世间的大悲大同

再饮一杯无味的酒

他们都是流浪者
在这尘世中
无言不诉悲痛
流浪
于世俗之中
于宇宙洪荒

（首届优秀奖作品）

车过发耳（外九首）

熊生庆

下午三点，倾斜的光线只是
途中某次偶然的眷顾，不能阻挡
山峦起伏，阻挡预想的初春
突破时令不合时宜，抽出新绿
而火车敲打铁轨的声音是方形的
车窗外，一支烟囱将天空染成了墨色
孤独的旅客，于黯淡途中错失良机
念及我葬身发耳孤单的兄弟
列车嘶鸣。这愤怒的怪物钻出洞口
满怀悔恨，疯狂地驶向相反的昨天

不　题

春天的流水是失声的判词
而桃花和春风走上流放之路
高高的舞台上，众人易装
举起诗人的笔和英雄的刀剑

——这是一个善于伪装的季节

我们相聚树下，避免提及梦中的骏马
有人酒醉，惊呼：入黔之驴技穷矣
此时高铁正，子弹一般呼啸着
穿过高原的胸腔。土地呻吟
包括聚会在内的一切都失去了意义

致 L

鸽声慢，你也慢
走在路上，那时我们都还小
四年级的课本，并不比五年级
简单许多。每一天吃过晚饭
跳跃的录音机，磁带总有沙哑的味道
我们咀嚼敷上芝麻的麦芽糖，幸福是
午睡醒来时一只飞过天空的纸飞机

只是后来不吃麦芽糖了
偶尔听歌，但不再有录音机
晚饭后，我会伏在窗台发呆
飞机划过头顶的云层，你还在另一个城市
你说你是爱过我的，只是你的爱
被种在了故乡椿树下的土地里
而我们一路走来，早已弄丢了故乡

你说的那棵香椿树，前年冬天
已随强子一起，被埋进了黄昏的油菜坪

抒　怀

贵阳，总有一天我们都要老去的啊
我已经感觉到，那一天已不会太久
城市里空空荡荡什么也看不见
除了挂在小区阳台的衣物
除了菜市场角落里散发恶臭的死鱼
除了拥挤的十八点我们塞进拥挤的车厢
——那一刻已经不会太远了，现在
我就坐在这栋大楼的第十七层
透过钢化玻璃，天边的落日如同一只衰竭
的肾脏。而我还没有孩子也没有女人

午　后

并不言说春日迟迟，慵懒的猫
款款踱过旧日庭院。镰刀高悬展示它
生锈的细节。一些远去的事物被阳光刺伤
更多农具埋藏于暗处，渴望拥抱的契机
但一次偶然的邂逅，并不能磨亮它们
这是说，昨日在时光的倒影里只适于

观赏，提取水分的努力仅是一种徒劳
阳光洒进梦幻豁口，疲惫的物件
这个下午，老屋周围衰草丛生

春日书

祭台之上，一轮皓月练习摔打的技巧
在不断的循环中，我将身体放平
终于失去抵抗的力气

就要过节了，在这临别的时刻
猛然听得远处江边
浪花扑打旧铁皮的声音

恍如梦境。三年前一个这样的夜晚
凉城的桃花被春风中伤，确凿无疑

和父亲去犁地

这可能是我最后一次
在这片土地上流汗了
却注定要为它
流尽一生的眼泪

6081

火车向内穿透群山。别处的铁轨趋向重合
旅行一次次吮吸我们身体里不多的水分
天色渐晚，空荡荡的车厢布满相同的空荡
这一年，我在城市变换节奏反复抒情
记忆的鱼儿搁浅在月色的浅滩，被一枚铆钉击中
万物虚构每一种不同的可能，而我们的歌声
在浮沉中只能回到喑哑，千年的月光渐趋黯淡

错　误

那一时刻正是午后光景
我等的人，迟迟不来
浮玉桥上流水掠起无数光斑
偶有水鸟，缓缓滑过中游
焦急中时日愈发煎熬而无味
我捡起石子，投入水中——
某一尾不幸的游鱼被我砸伤
后来的无数个日夜
每每想到那条无辜的小鱼
我的寻常日子里都填满了歉疚

（第二届特等奖作品）

青海湖（组诗）

郑华奇

石　滩

我在青海湖的颜色里体会着蓝色的悲伤
我变成了水鸟、野花、云朵以及一阵风声
吹过的白石堆成的湖岸
然后，在浪花的拍打里闭上眼睛
在黎明，在傍晚，在星子满天的午夜
体会着高原的落寞以及孤单

在落雪的海拔里
在灵魂突围的六月，有着湖滩石子的脉搏
跳动着西北以西的火焰
试着燃烧或者熄灭
在青海湖的眼睛里都是美的瞬间
一万年太久也太过短暂
记不起的形象模糊着昨天

仰卧在青青的草原
一块一块堆积起的石滩
有着蓝色的悲伤，蓝色的夜晚

湟鱼的夜晚

双手捧着流水的影子
从六月的黎明走进了夏的夜晚
不说话，静静地走着
沉默成一纸无言

月色摊开了血红色的思念
远方无风，带不来一圈涟漪四散
白石堆成的湖岸
也合不上蓝色的泪眼

沉默无言，星星燃起如豆的灯盏
山的那边是海？
逆流而上是否会寻到雪山？
大地醒着也便空着，像一阵钟声或者是白

茫然时，听见一阵水声
油菜花开的夜晚抱不住时间
湖心一圈水纹散开
月亮变大，挤破了六月的蓝天挤破思念

一把丢失的旧钥匙

三月的梦境未圆，六月的星星便洒满了湖面
淡淡的雾霭笼着淡淡的伤感
一圈涟漪四散，惊碎了一条湟鱼的夜晚
立在湖畔，遥望蓝天
黄昏以及肩膀上的云彩都已走远
青海的最后一晚，我与脚底的石子醒着
触摸海的蔚蓝，草的新鲜

很少有人，在深夜里活着
时间也不愿提起从前
顺着黎明或者黄昏独自走来然后离开
不曾被忘记，也不曾被拾起
但安静的夜里
青海湖，是一把丢失的旧钥匙悬在高原
藏满了整个草原的秘密以及留恋
那一刻，或者更早以前
一切消逝的，只是换了一种方式活在今天

（第二届一等奖作品）

陈再雄的诗

陈再雄

火车上，一位抽烟的女孩

沙漠可以置人于死地
风雪也是
于是许多人学会了穿上冬装
孤独的人不会把孤独写在脸上
而她，把香烟吸入肺腑
什么样的女人使人垂涎
什么样的女人令人迟暮
迫不及待的颜色让脸色发青
一片森林即将被开垦
而有的土地已经被重耕
春天这颓荡的季节
有的人活着为了美丽的收获
有的人把善良卸掉
遇上虚伪，戴上面具什么都不说

此时我发现，自己等待的人尚未归来
于是重温旧事，把绝望毁掉
在这雨夹雪的天空中
列车徐徐驶入城市

给大尖山献辞

东拼西凑，许多云陆续归来
祖先踏在云上面
烟首先从最顶端滑落
开始征程，远去他乡
你把故事藏匿在墓碑上面
从那以后，石头开口说话
他把最初的羞涩赐予这片森林
他鼓励每一朵花必须开放
他告诫每一个人离去
必须想念故乡
故乡给予最高的纯洁圣体
没有哪一句话可以指明小路的尽头
如果故乡干净的乳房开始干瘪
大尖山的瞳孔黯淡
那我会摞起一堆石头
亲自撰写墓志铭
顺便烧一个段落给祖先

浪渣河有一个故事

伟大的真诚已经疲惫
过去的伟岸没有了身躯
踏过了浪渣的河
东倒西歪的脆弱
被赋予给攀枝树叶子的脊
无耻的浑浊倒映出了天空
在童年的最顶端漂浮的露水
等待归去，在外婆白发待绾的时候
在我的泪水砸中母亲眼袋的时候
在我拒绝衰老和脆弱的时候
捧着一碗包谷等待
向天空抛撒一粒风的种子
缺口的小路尽头
总有摇摆不定的枝头摇曳
一条线沿着虚伪的余光继续腐败
我们都在心里彼此埋葬着谎言
我说着我那边的故事
你说说我，以及与我有关的事物
包括还停靠在外公脊背上脚印
和放在嘴边的童谣和谚语
我的故事被给予了一条河
我持续地把这根线绷长

越过几座山和伟岸

夜色将至时学校的落雨声

有一种声音挣脱了厌恶的游戏
游戏失落，总结一个暗号
顺便藏一把带毒的弓
围墙被灯光堵上
怀着悲悯求救
然后顺便怀疑路人是偷盗者
晕血的猫绕道而行
外墙砖上夕阳的血迹未干
有人撑着一艘单桅船
砍掉桅杆，做一块德才兼备的料
天落雨，择一干燥处逢生
远方的风并未挡住
被削掉头盖骨的天才
化险为夷的第一乐章未被发现
等待城市的屋檐干涸
等待最后最后一间小屋子的血流干
工人们爬到她的乳房凸起处肆意蹂躏
准备造访被遗忘的角落
当所有的人
都开始回避因为勇敢而掉下来的泪珠子
那些冤死和阵亡灵魂

正在从水泥地里爬出来
向西，向南，向吊脚的檐尖

致不远的距离

聆听雪花开放的季节
苟且的蝼蚁穿越两座城市
黑色被我试着放到胸口
然后我刺瞎了自己的眼睛
剁下每一条摇曳的树枝
开始变得残忍
于是我烧毁了自己居住的茅草房
站起来说话，给可爱的人唱歌
可以了，我们该开始了
花销着水泥粉尘为你的黄土种草
或许种上石头
花光所有的徒劳来叫唤
你允许你的到来
后来彼此控诉对方的行径
绑架一只小船，劫持一匹瘸马
乘着归去，回来

有一扇门，开在山顶

——写于纳雍坡嘎苗寨

他们窝藏着最后一块石头
不让任何人发现
他们躲避着野兽、泥石流
飘来的高处呓语
选择权被交予一头牛
久醉的刀和火光跳跃
神被抬过屋顶
死亡的人具有向光性
给你一个火塘
给你一个祖先的暗语
一双眼睛盯着久久以来的疼痛
他们试着相信自己
跨过那条河，越过
那条线

故乡有一棵花红树

我离你有四季的距离
或者只隔了整整一个冬天
那时的花并未熟睡
故乡悬在头顶

伸手可以触摸到，老营村
花和河流交汇在一起
马匹还残留嘶哑的声音
花红树开花的季节
什么都在破碎
成花瓣，成雨或梦
当他们都相互抱成团
一个幻想接着一个幻想死去
苍老的容颜，盖住了故乡的颜色

妈　妈

你种的芦苇飞走了
现在只剩下一片玉米地
你并未收到远方的来信
而是收到了来自秋的报告书
里面阐述了孤独和疼痛
剩下的都是谎言和一个
气喘吁吁的姑娘

她站立在202站台

——写与一位拾荒女子

她予以他过去的悲伤，放下袋子
有许多期许在路上

她把外衣脱掉
享受着一场孤独式的洗礼
捧着向日葵的种子
解释着开满影子的街头
城市从未接近尾声
202 公交站台还没治愈顽疾
撕裂的声线
没有因梧桐叶的凋落而垂败
她享受着光明
昏暗的街灯让她无法摆脱
破碎的光斑
发动机带走了她的身影
迟来的无关人员继续补位
我吹着今晚似乎没有任何问题的风

戒 掉

我答应你，戒掉踏过的河流
戒掉每一片绿色的叶子
当我未提及黄色的叶子
秋天
我打算翻越一座没有人走的山
认真地盘算一片叶子的高度
因地制宜而迁居异乡
戒掉你的仁慈吧

不要把一颗善良的心窝藏许久
把洗干净的痛苦摆放出来
是的！我们该想想怎么面对彼此了
戒掉的永远没有剩下的多
但戒掉永远是最深
独自一个人身怀悲悯
走在破落的街道
我看见许多人戒掉处女血
戒掉了伤口
戒掉盐
有的人把残忍放在烟圈里
戒掉自尊和顽强
有的人死了，像我一样
轰然倒塌的大厦被重建
露珠滚落出来，被眼泪模仿的姿态
那种高姿态高得令人发指
我所谓的青春英雄们
把充满血的右手放下
戒掉双眼
戒掉从双腿间喷薄而出的痉挛
戒掉从额头一直到达根部吧

（第二届二等奖作品）

夜郎书（组诗）

曾入龙

闪电之虚构

一道闪电
倏忽而过，仿佛未曾发生
却又真实地发生过

一道闪电
途经了天空、白云，在一棵
孤独的树的头顶，滋溜一声划过
随即彻底消失

然后来到了这里。一道闪电不期而至
让祖父浑浊的眼睛
瞬间明亮了一下

雨来了，闪电不见了

祖父向外张望了许久，只听见一声惊雷
把闪电
吓跑了

一滴雨之虚构

我在用一滴雨洗白一朵云
在用一滴雨，打开这个岑寂的夜晚

一滴雨是一条清澈的河流
我的小船在一滴雨里，轻轻松松，越过万重山

一滴雨有一朵花的香
那么一千滴，一万滴，就有一整座花园的芬芳

一滴雨事不关己地落在草原上
却不知道一匹马亲眼目睹了一切

目睹了一滴雨压弯了一株鲜嫩的草
目睹了雨滴映照下的石头愈发嶙峋了

目睹了一道闪电在一滴雨中分娩
随即滋溜一下，野马一样奔向天空

一匹马目睹了一道闪电撕裂了天空
一匹马奔跑在雨里，仿佛一道闪电

飞呀飞

有一段时间，以为自己是只鸟
以为自己会飞
所以对天上的云朵
与蔚蓝，分外眷念

有一段时间
感觉自己真的长出了翅膀
那翅膀
——在扑腾，在欢呼

而实际上
我的翅膀只属于文字
比如今夜，我从一行文字中起飞
倏忽间
落在了另一行文字上

而实际上，文字有翅膀
但是我没有
我不能飞，只能假想自己是一个文字

在一首诗里面飞
在一篇小说里面，飞呀飞

蔷薇帖

我必须交出火
必须交出整个春天

太沉重了啊
现在，要学会放松
要学会一点一点爱
然后一点一点盛放

要学会此时无声胜有声
比如我很爱你
但我不说出来
比如我想你时，从不告诉你

要学会零落
但在零落之前
真的要
热热烈烈地爱一场啊

像白云爱蓝天一样爱
像河流爱大海一样爱

然后再零落
零落成
我爱你的样子
零落成，你也爱我的假象

樱花帖

我看见樱花
正热烈地燃烧着
在春之火焰里，十万樱花齐放
谁能摘下其中一朵
送给那个
打马而过的人

我发现其中一朵
悠闲地飘零着
我看见另一朵
星辰一样，漂浮在
静美的夜空

十万樱花席卷而来
天更空了地更阔了
满城花香溪水一样云淡风轻
在此城一隅

樱花落处，草长莺飞

在此城另一隅
青灯如豆，花色如诗
一位不知名姓的老者
在一个转身后
与一朵樱花，擦肩而过

朵云传

一朵云伸出双手
掏出了自己的火

一朵云有了骨骼
甚至冰肌日益如雪

一朵云飘于世外浮于水上
此刻踱步山间，与烟缭绕

一朵云停了下来，用一双明眸
打量，身下的一座村庄

一朵云醉于草垛以外
杯酒之间，风过无痕

一朵云甚至忘了自己
曾以云的身份洁白过

时光啊，时光

十二月睡着了，一月还未出生
二月和三月，一个是青青之草
在水一方，兀自嫩绿着
一个是桃花，正妖娆地燃烧在枝头

四月是炸裂开来的。所以五月
纷沓而至，在一朵午荷身上
摩擦出了六月的火花。七月最是无情
七月说，我来了，便入主此地了

我是从八月的桂香中
发现九月的踪迹的。九月
此刻横卧于东篱之上
任由雨打花落，或者风过无痕

最怀念的，便是十月了
十月萧瑟、薄凉，略显惨淡
却又柔情百转。十月是适合抒情的
十月的夜晚
在月明如水的宁静里，水滴石穿

如今只剩下十一月了。时光啊时光
一朵雪的洁白，也抵不上
你刹那的苍茫。马上十二月了
一年将尽，而我，早已无话可说

与村庄书

这一次我与你同在
与你在一场风的悸动里
寻出落日的苍凉。这一次云更远了
较上一次相比，此次的云
倒映着天空的蓝，而天空
仿佛大海一样辽阔

这一次你不说话
你看着前方，如看着另一个自己
我知道你是热烈的
仿佛亟待喷薄的火山
但你选择了隐忍。我知道
这一次，我真的在劫难逃了

那就不走了，不离开了
就老在这里死在这里吧
在你的怀抱的，那堆草垛如鸟巢

我如一只倦鸟，离去了这么久
如今，总该回来了

骨灰盒

我把自己打碎，然后重新组合
春天的马蹄声，踏破了天上的云朵
此时的月亮啊，骨灰盒一样落下来
并落入江中，顺流千里之外

此时的我，是江上的骨灰盒
是骨灰盒上的，不太规则的纹理
两岸青山纷沓而来，他们全都在，我的身后

母亲说，山后面的山
是她的后花园。白云深处的河流
是她在 1994 年，从天上扯下来的一匹月光

母亲还说，我是她的一截耻骨
是她留在人间的，唯一引以为傲的东西

母亲不知道，我是她留在人间的骨灰盒
她走了以后，我的身体
装着她的耻骨，继续行走在人间

夜郎书

光阴，江水一样东流
此时的鸟鸣，是洗耳的钟声
此刻的清风
是濯心的泉水

此处有月亮打马而过
我要问一问，我见青山多妩媚
青山见我又何如？我要问一问
荷香都已经沸腾了
为什么另一池荷花，还没有燃烧？

我要问一问，那个把酒问青天的先生
如今安在哉？
如今在何方？
又或者，如今，早已苍颜白发
纵情于山水之间？

我要问一问，那个行吟的诗人
为什么还没来？从夜郎吹来的风
带来诗囊的香
带来诗囊的潦倒与洒然
可是那个人，为何还没来？

是捉月去了吗？我听说
曾有一位诗人泛舟湖上
醉后捉月而去，从此不再回来
那个诗人是他吗？

黔灵山听雨

黔灵山上，雨声如织
以一朵云的名义行走
从东面越过甲秀楼
或者从西面
与文昌阁打个照面

黔灵山上，雨声打破寂静
多情的杨柳
婀娜于一场清风
又婉约于一场烟雨
如今佳人一样在水一方
接受路人的顾盼和叨扰

黔灵山上，猴子是猴子的王者
猴子是猴子的上帝
恣意于山林之间，猴子摘果、摘月
也摘从云端飘落下来的

漏网之鱼——几滴晶莹的雨声

黔灵山上，坐着或者站着
雨声都会如阳光一样
从窗外，溜进来。雨声不疾、不徐
雨声悠扬、缥缈
雨声在此起彼伏的山峦里
大珠小珠落玉盘

（第二届二等奖作品）

暮　色

陈民华

夜晚快要降临，光影急剧变幻，树影在分割夜色
一边是白昼将尽，一边是夜幕降临
这时，我们沿河而上，遇见河流、星辰
遇见繁茂的大地、无限遥远的天空
遇见所有已知或未知的事物。
而你并未学会沉默，充满着对河流、夜灯的欢喜
夜并不浓重，但不会有人看见
我在夜色中想要触碰你的手
一群飞鸟适时地从头顶的夜空飞过
而我不再记得
你说了些什么话语，我如同夜色般的沉静
也像一只受伤的飞鸟，急着飞向远方
但我始终不会飞走
夜幕降临，你还留在一条河边
我会留下
与你，一起淹没在，流淌着的夜幕里

（第二届三等奖作品）

门（外一首）

杨　播

羊肉汤浓浓的香气在周围的空气中开始沸腾，从记忆走进了我的鼻尖
头顶上又响起了清真寺里的经文，从两千五百公里以外飘进我的耳朵

眼前乌黑一片坟地旁，人家的灯火时隐时现
没人敢在深夜里靠近那片墓地，尽管那里开满了野花
黄土地隔着两代人，他们曾经是一个脐带连着的两头
黄沙浓浊了两个人的眼睛，脸上留下了泥沙流过之后的印记

冰冷的西北风从脸上划过，再厚的羊皮大衣也挨不住他的刀刃
人们瑟瑟发抖，就像那双再也暖不过来的双手曾让我颤栗一样

时间是羊圈里不断变化的羊群

时间是刻在爷爷头顶的皱纹与他陷落的眼角突出的红色眼球

时间是她坟墓上不断长出来的野草与被风雨腐蚀的墓碑

时间是你们肚子里日复一日堆积的自以为是的大道理

冬天，另一个冬天，现在又是一个新的冬天

你冷吗　你孤独吗　你气愤吗　你伤心吗　你恨我们吗

我们那么嚎啕大哭那么悲伤那么拼命地让阿訇替你祈祷

但是我们最终还是狠下心转身把你一个人留在这个没有人愿意去的地方

尽管那里一年四季都有野花盛开

遇见你

路过三月的门外

你隔着时间的纱眼，光就像黑夜里的猫让我瑟瑟与不安

在四月面前绕来绕去

舍不得离开

你爬在冒出嫩牙的树干上说你渴

像个小孩一样无助

让我措手不及比你还慌张

躺在五月怀里那么久了还是没有温度

你站在我眼里皱着眉

无奈地看着我一言不发

六月来了

粘稠得像熬糊的大米粥，像公共澡堂的地面，像老爷爷的眼眶

你伸出手，我触碰到你的手掌，感觉到你的颤抖

那一瞬间全世界的花都开了

顷刻天色突变大雨滂沱

不知什么时候头顶有了一把透明的雨伞

雨滴顺着伞边滴答滴答如泣如诉

而我抬头却只看见了伞架外灰蒙蒙的天空与伞架里的你

（第二届三等奖作品）

三月，我愿你温柔（外一首）

卢正清

我愿你温柔地对待世人
一如你温暖桃花
温暖泥土上清浅的草芽

我把春光交付于你
她曾漂泊在云端
漂泊在飞鸟的翅尖
从此刻起，她随你栖息

我愿你温暖如阳光
愿你温暖如恋人

现在的天空蓝如琉璃
你不要惺忪着睡眼
蓝天之下，大海之边
有人在等你

今夜，我将在工作之后
伏案写一首诗歌
让他陪你等待黎明或者
称赞黎明

行者歌

我是湖水深处　俏皮的守望
长发的姑娘走过云朵之下
湖水之滨

我把蓝色的天揉碎在湖水之中
湖泊也变成了一片海
海水埋葬诗人的身体

我是铁轨深处　俏皮的守望
满载喜悦和离别的钢铁
穿过高山和野草
穿过更长的铁轨和别离

我把诗人的孤独塞进碎石
灵魂更加破碎

我是高楼高处　俏皮的守望
装满空气和灵魂的身体

坠落在空气深处
坠落在更远的尽头
身体更加无用

我是白丝带上　俏皮的守望
装满懦弱和重生的白丝带
捆绑诗人的灵魂和思想
捆绑苦难的生命
生命无限

今天，我要做一个忠于湖水的男人
和鱼群一起
在湖水深处
听你河岸上匆匆的声音

（第二届三等奖作品）

今年最冷的一场雪（组诗）

雪域狼

冬　末

这是二月开初
寒风吹着孤独，村庄冷得清净
我，在乌蒙山脚下，挽着最后一缕阳光进入黑夜

玻璃间空隙，风得意地高调议论今夜的冷，
顿时，我伸了伸蜷了大半夜的腿，不料
拼命入侵的小刺客，在温暖的被窝
留下路过的脚步，我
打了个寒战，并感叹着
春给了我一个下马威

这场雪

假如我是这场雪

我只爱风中的尘埃

假如我是这场雪景
我只爱这景里的人

假如我是这场雪
假如我可以把这场雪搬到春天
你是否还在

雪和风

也许雪里没了故事，也许风中没了身影
但雪是凉的，风是冷的
溢出春的一点
并会让不少人颤抖

也许雪花可落得自由自在，也许风可以吹得无拘无束
但这是一场二月的雪
雪花没了附体，在春里孤独
风声没了陪伴，在夜里叹息

今夜无眠

唯有宁静陪伴，这雪

像着了魔一样爱上了冬夜
唯有悲中人未眠，这雨
像疯了一样雪中送炭

今夜，亦雪亦雨亦风
陪我孤眠
只有四个疯子
大半夜还在欢声笑语
只有四个疯子
依然在感叹这个冬
过得最冷、最慢

（第二届优秀奖作品）

诗人是落地的尘埃

李司平

悠悠昊天
予我断戈残剑降至人间
命我修路筑桥通往天堂
我为征夫也似诗人
征夫不知前路，浮于天地间

遥遥路远
我温柔地刻骨铭记往生
通天的路很远，请赐我一匹白马
诗人骑着白马上云端
是翔宇的尘埃

茫茫来世
卉木萋止，却又厉鬼横行
诗人鞭琫容刀
身边的恶鬼在嚎叫，诗人会踩爆它的头颅
人生路像一条坚硬的脊椎，总会有一个尽头

飘摇的浮世
诗人用灵魂造就一个信仰
手掌上面刻录济世的经文
在心中建造一座金字塔
禁锢尘世间不羁的恶灵

诗人用泪化作一场雨
浇灭世间浮动的尘埃
拆骨做梯划血为练
渡济人们躁动的魂灵
因为：诗人是落地的尘埃

诗被风吹走了

我在昨夜出逃
逃离这座充满记忆的城市
永远
偶然的相遇又悄无声息地离开
一辈子不回头
用了很多年搭建的春的大厦
在汽车的轰鸣声中崩塌

故事在时光里淡去
照片在岁月里褪去了色彩

恒久
故事的结局是别离却不会悲伤了
退化的泪腺再也无法分泌出叫泪的液体
换了个方式流进心里
烫得发抖

过往躺在书里
慢慢地斑驳、陈旧
回首
往事还在，故人不存
在回忆里相思并温柔地铭记
奢望着重来却苟活着应对
将往事的伤心塞进棺材焚烧吧

诗在风中被吹走了
用尽全部词语拼凑的诗飘走了
打捞
词语被风带走去了未知
未知的世界有道门却装了玻璃
弥漫着的世界有诗的味道
哭诉着莫名的忧伤

诗人在暴雨中呐喊
歇斯底里地发泄着源于洪荒的眼泪
哭泣

泪在流却不是泣，诗人不会哭泣
无限接近亲吻大地，然后画地为居
笔在灵魂里吐出黑色的线条
带着鲜血的气息

文字去远行

终于有一天
我深沉地睡去
走入梦中的洞穴
女巫手执火把，幽蓝幽蓝
念着洪荒远古流传的咒语
对宇宙发出正确的预言
把良心割下来萃取出最毒的药
此药无色无味无声无息
却能断肠、拆骨、死亡
女巫的咒语从我头顶贯下又从脚底跃出
载着我的文字去远行
留我一人惊醒
审视良心

晒　书

奈何桥畔
三生石旁

往生隔着来世
前世的泪穿过往生变作下世的雨
打湿了我茅庐里的书
也浸润了我干涸的心
搬出湿漉漉的书晒在阳光下
阳光照在书上
点燃我的目光
目随光走，浮略世间的百态
用前世的血作往生渡济的舟
渡济骨子里不屈的魂灵
雨过天晴，心也明朗
晒干我的书塞进背囊
做一棵远行的庄稼
走理想中的路
再也不回头

（第二届优秀奖作品）

女人和寺庙（外一首）

彭智烨

我见过群鸟吐血的歌喉
轻吻了红土地上唯一冻裂的嘴唇
傩戏演完　舟子盖在沙滩上
于是陶土乘机化成瓦猫连夜奔逃
你拍了张照
说船就是床
让滇池旁的小女孩把眼睛捂上
痴痴地看我们融化在夕阳
你穿过破庙
说你刚才在庙里偷偷许了个愿望
我说还愿的是我不是老和尚

纪念古龙

那时我们书包里
整日背着流星蝴蝶剑
父母们检查出来也不知道还有七种武器

藏在教室抽屉
把它们换给陆小凤
让胡铁花叫来楚臭虫
晚自习再伺机画一只狐狸
让它在地图上一口咬掉沉默的公鸡
这个叫熊耀华的男人走了十七年
国际和平日就成立了
连暴力的摇滚都咆哮着争夺和平的今天
我已经不相信哪个地方会没有流血
没有枪杀　没有暴力
没有大规模的道义操纵着去牺牲
没有耸人听闻的死亡和不明不白的糟蹋……
高举野兽哲学的思想家们四处呐喊
世界退回游戏生存的原始丛林
不如退回纸上吧
那些形而上的江湖
钢笔游走在战争中央
牢牢把握事件的走向
拍电影用的炸药刻进了沙滩
转眼间就为浪花洗掉
合上书册　就是心藏大恶的人也会睡觉
请尊重这些形而上的战争
这世界多一个看武侠小说的人
也就少一发打进无辜胸膛的子弹
大约还会多一个酒鬼

在某个月夜
和古龙碰杯

（第二届优秀奖作品）

过去的歌（组诗）

王祖琪

蒹葭苍苍，白露为霜。所谓伊人，在水一方。听，是谁在那年江畔，吟咏一首过去的歌谣。那先秦的秋月、唐代的风、宋时的白霜、明清的雪，映刻着似水年华、流光岁月。捡拾起散落一地的吉光片羽，焚起一柱心香，恍然望见你白衣胜雪，衣袂飘飘，手持芙蓉，涉江而来，而我已于三生石畔，历经千劫，只为看你一眼……

子衿

你说
你爱落英缤纷
我说
我只留恋那芳草青青
白云在追赶太阳的影子
蒹葭舞动着摇曳的身姿
我在城楼上望啊望
远处连绵的草色
染绿了半边蓝天

你问
我为何只爱那一方青碧
我笑
看着你的衣襟脉脉不语
你腰间的绿玉闪着荧荧的光华
在我眼中
映出了天边的碧绿

青青你的衣襟啊
悠悠我的芳心
我摇落了一树一树的落英
可为何不闻你的车马声？

青青你的佩玉啊
悠悠我的情思
你的车马刚刚走
可为何草色已成秋？

白头吟

我曾凤冠霞帔
也曾布衣沽酒
我曾高门绣户
也曾淡饭粗茶

只为坐上你的花轿
我不害羞也不哭泣
已得一人心
白首不相离

我性如高山皑皑的雪
情似天边皎皎的月
而你厌倦了眼前的风景
我只道努力加餐勿念妾

朱弦断，明镜缺
朝露晞，芳时歇
白头吟，伤离别

此间恩爱多少事
如今想来尽成空
你说铜镜虽破仍可圆
我只叹雪落大地惹尘埃

出　塞

我站在山之巅
看秦时的明月汉时的关
我站在水之岸
听战马的嘶吼北风的乱

我的双手已紧握矛戈
我的双腿已夹紧战马
只等号角长鸣时
何惧马革裹尸还！

血色
模糊了坚定澄澈的眼
硝烟
盖过了刺骨冰冷的寒
我的故乡啊
从此一去不得返

我的灵魂
交于了生我养我的大汉
我的躯体
托付给关外无尽的草原

（第二届优秀奖作品）

城市的冬（外三首）

陆俊君

入冬以来这是第一场雨
细细碎碎
慢慢能把衣服湿透
所以总有人撑着伞路过
行色匆匆
每把伞都是一块孤独的领地
把世界分割成无数的圆

山下的叶子也慢慢被冻成了
红色
却也顶不住风的刁难
以一种难堪的姿态
回归
躺在山路上　或者回到泥土里
少有的　会再飘到别的树上

偶然永远是这城市中一个古老的词语

人们永远无法推开一扇无形的门
慢慢地　衣服也被雨点打透
寒冷得彻骨
我开始加衣服
一件、两件、三件……
将我尚有余温的心重重包裹起来
宁愿臃肿成为我的代名词

初相遇的梦

——读席慕容《无悔的青春》卷二　初相遇　首语

你在我最没料到的时刻出现
所有的一切都慢慢稀释
慢慢地　重新开始

回到我们暖暖的时光里
心里仍然充满了狂喜和感激
只因你在我眼前
对我微笑　一如当年

已经为你跋涉了千里
可关于你的记忆
——在我怀里日渐晶莹
就像我在深深的海底
遇见一个原来的你

仿佛你我　才初相遇

答　案

——读席慕容《无悔的青春》卷三　年轻的夜　首语

不是所有的话
都来得及告诉你
我还在慢慢地追溯
曾有什么
袭入我们柔弱而敏感的心

年轻的夜里　仔细翻寻
月色是怎样的清朗
水是怎样的澄明
那样一个潮湿的季节里
你曾问过我一个怎样的问题

有些答案
我可以先告诉你
而有些答案恐怕要等很久
等到问题都已被忘记

那个时候　回不回答
或是回答些什么
都已经不再重要

若是你一定要知道

那你就用温柔的口吻
再问我一次那样的问题
也许　我仍然会含泪不语
但是　在我千年的梦里
飘荡的一直是
——你的名字

当我在湖边闭上双眼

当我在湖边闭上双眼
静静聆听　此刻芳草丛中
泉水缓缓流动的声音
叮咚叮咚　流动着一种
无法放置的心情

此刻风云无相　溪涧奔流
山空　湖静
暮色斜染半空　日将落未落
我该怎样面对
这似曾相识的一场薄暮
在这山风云月相衬的夜晚
如何以一种回首的姿态
谢幕

就这样吧
让我在湖边闭上双眼
感受这良夜如此的美好
月色离我　咫尺之遥
且让我静静地睡着
让云和风　也无从打扰

（第二届优秀奖作品）

致 W

杨仲原

今夜，我必须越过雪峰山
越过雪峰就抵达了吐鲁番盆地
练习了 365 个梦境
相信今夜下笔会有神助

我们之间，说的话太多
山脚的树叶落了一层又一层
泛黄的句子少了点优美
让昨天的留言在山顶的土堆里凝聚成风

远望时，我看到了洞庭湖，看到了贺兰山
闻到了羊奶香和瓜棚里葡萄的余韵

今夜我必须抵达
北斗星，还有一个时辰
有你指引，不怕担心迷路
不怕风雪

毕竟南方大地已施巫术
毕竟我们还要共聚西窗

不话红烛，不剪灯花
只听，吐鲁番盆地的雪声

12月13日

手指的弯曲里，你站成一排
一钩便是天使

用白来解除绑定，排除我的脸
铁片就有了血的温度

白天、黑夜，我们仰望
看不透的弹片被还原
子弹还在飞

巫术让我想起拥有神力的你
一句话就能定住人
何况一座城
何况一座城的人

我只能在雪峰山下，芷江旁边
喝一口水，再喝一口水

这是诗的想象
我不是庄子

（第二届优秀奖作品）

冬天去了哪里（外一首）

王子天

冷风呵，十一月的冷风
你来自何方
是悄悄地迎着冬的锋芒
还是暗暗地怀着秋的依偎
如今，在轮回中已是秋去冬来
一年将流过她最后的美丽
可是，人间的造物主呵
请告诉我，在这天涯的南端我们的冬天去了哪里
没有雪花的飞舞
没有我梦中纯白世界
只有初秋的冷风
吹拂着我空虚的心跳
这不是秋，却竟是秋的声音，秋的气味
在这十一月的歌声里
不能有对秋的幻想
因为诗思无法打破命运的准则

也许这就是南国的温暖吧
在这温暖中不知不觉已流过数年
这是一片同样美丽的土地
却不能带给我心灵的抚慰
听，这十一月的风声为谁而吹响
我在南国的冬天里怀念着那场雪

车 厢

长长的车厢
穿流的人群
在等待中便是又一个起点
没有温暖的家
没有热腾腾的饭菜
只有一颗孤独的心还在凝望窗外退去的路
时间再快些
记忆只会停留在站台的片刻

踏上新的路途
又有谁能陪你走完一生
眼前一群又一群的人
一个又一个身影在不断重叠
一切都只是在瞬间划过山丘，划过椰林，划过小溪
划过那些无法停留的梦

长长的车厢
川流的人群
疲惫后便是又一个终点
在那里，没有等待的人
只有未走完的路和漂泊的人生

（第二届优秀奖作品）

莽原（外两首）

田　剑

我怜惜我脚下的这片沃土
变成了一望无际的荒野
没了溪边牛羊俯身的倒影
只剩下溪流沉闷的歌声
时光到底埋葬了什么

荒野上沉睡的山石
或许
能够告诉我荒野上所发生的这一切
可是它的外衣
被雨水风霜一遍遍剥蚀
最后还剩下什么呢

深山里缠着青丝帕的人们
你们都到哪里去了
是躲进了坟墓
还是悄悄地离开了这里

一株木棉，一件马甲

我在梦里亲手为你栽下一株木棉
并且把它的家安放在了你的枕边
我想让它吸收你的每一丝爱恋
和每一段入骨的相思
相信它吸收了你对我的相思
美妙的花骨朵便会滋生美妙的爱情

你在梦里亲手为我织了一件马甲
是想让它锁紧我浪荡的心么?
你要知道男人的心是说变就变的
一件马甲不足以困住他那多变的心
唯一能牵住他鼻子的
或许是你那天使般的魅力

晨露，如珍珠般璀璨

你还是一如既往地
寄居在花草之上
戏耍自己晶莹的身体
就像天真的孩童
没有俗世里的烦扰
即使被一次次风干

也绝不更改
人生的信条

晨露，如珍珠般璀璨
用无私奉献清晨的美好
你那天真烂漫的笑容
是镌刻在人世间的醒世格言
把烦心永远凝固在
黎明前
你不只是那晶莹剔透的小水珠
而是一颗被埋没的
珍珠

（第二届优秀奖作品）

哲学史诗

——诗人和哲人，就是一个民族的时代灵魂，
是思想精华上的永恒良心。

刘　源

众神在三千年前的山巅上歌唱
歌声在九州大地上缓缓地飘荡
生命石头溪水欢笑着聆听
思想的火焰照亮了尘世间的苍茫

如果说石头依然是石头　溪水依然是溪水
或许生命也依然是生命　思想依然是思想
然而众神都已远去　歌声消散在风雨中
那么是谁还在寂寞与生死间孤独流浪

当皎洁的月华洗净了内心的痴念
哲学便登上思想的殿堂成为真正的王
只是我已经踏上了不归的迷途
从此黑夜里不再感到漫长

因为时间已经从我心中开始蔓延
于是天地间的事物都已然趋于明朗

（第二届优秀奖作品）

那些死去的人（组诗）

莫朝县

静待此时，黑夜里对那些死去的人的思念，便是我的阳光。他们虽已故去，但是他们留给我的东西，足以温暖我的一生！谨以此作品鞭策还活着的人！

奶奶，您又入住我梦里

在梦境里
一次又一次想起您
奶奶，您还未走远

当您孤苦地来到这个世上
然后悲惨地活着时
我还在遥远的时代

我欠您的太多
以至于我每次想您时
总是哭到不能言语

我欠您一句承诺
我欠您，待我长大时
还您承欢膝下
还您子孙满堂

您把您一生的精彩
都付诸我童年
短短的几个秋里
我长大时，您就成为
我记忆里的一个缩影
一个点或者
什么也不是了

在梦里，多少次
我想要哭，哭给您看
或者认真地给您跪下
但是现在连这样的机会都没有了
我只能看别人像电影里一样
给他们的父母
给他们的爷爷奶奶跪下

可是那时，我还没长大
只能吃着您卖垃圾换来的鸡蛋、包子
还有西瓜

那时，我真的以为
您会等我
一直到我长大
立业成家

我答应给您
给您穿一身军装
给您建造一栋房子
给您讨一个善良的姑娘

奶奶，好多年了
可每次想念时为何
还是如此亲切
泪水为何还泛滥如初
奶奶，真的好多年了
您知道我有多少个
想您的子夜
那些思念一次次打湿枕巾

奶奶，就这样吧
就像此时的风
吹一吹树叶
然后轻轻地走

别人的夙愿

也让我来偿还吧
每一次离别的痛
都牵动着我的心
让所有的爱
都淹没在夜深人静的
思念里

关于三伯母的记忆

那年三伯母突然得了白血病
一天比一天瘦弱
皮肤惨白，头发也花白了
落在地上，像一地的碎银

有一天，她终于死去
祖母说这是白发人送黑发人
说着说着就哭成了泪人
那天晚上，我父亲喝了很多酒
喝醉了就倒在床上哭
第二天生了场大病
住院七天

之前，三伯母像个调皮的孩子
老是挑逗年迈的祖母和
少不更事的我

她摘个青梨就往嘴里送
她养了两头牛
一头母牛一只牛犊
还有一只花猫

之前，她一手把两个孩子养大
耕种了十多亩田地
起早贪黑
还要走十多里去打砖

但是，命运待她却如此
她去世那天我也哭了

我的姑父已经死去

前几天听说
村里的年轻人被撞死了
也就二十来岁
肇事司机还在蹲大牢
前几天也听说
我的姑父不在了
说是死于脑溢血

幸好我表哥已经成家
只是

只是姑父一直看着我长大

我还在家的时候
去探望过他
还能吃还能喝还可以说话

从他家出来
我以为他可以这样继续活着
可是
可是我回到学校
父亲就打电话过来
说姑父不在了

这时想起那时的噩耗
就像看见村里年轻人
被活活撞死

（第二届优秀奖作品）

我在人群中看你（外一首）

赵定隆

我在人群中看你
天空，大地，从上到下
我都在找你
我闻着你的秀丽
以思恋的愁态
将我的生命
填满这天空与大地的空虚

我在人群中看你
山谷，河床，从深到浅
我都在找你
我望着你的狰狞
以思恋的情绪
将我的心扉
填满这山谷与河床的距离

我在人群中看你

梦境，现状，从虚到实
我都在找你
我看着你的忧伤
以思恋的倾诉
将我的过往
填满这梦境与现状的空洞

我在人群中看你
风里，雨中，从无到有
我都在找你
我想着你的孤独
以思恋的欺骗
将我的灵魂
填满这风里与雨中的空隙

大地的山河

是谁在怒吼
将这日月震慑
你以为我愿意
周遭都变得暗淡
你以为我愿意
山河都破碎不堪
他们说这是在救赎
动物在相互撕咬

而那些植被，已经衰微
人呢，呵！在等待消亡
为何沉默无声
是不是觉得
已经来不及叛逃

不知从何时起
我们就将自己埋葬
甚至都不曾留有坟头
难不成是怕后人
找到责怪的踪迹
他们说这就是业报
然而我不信佛陀
也不信任何宗教
我信仰的大概就是
所有的谎言都将被揭晓
为何沉默无声
是不是觉得
已经来不及祈祷

（第二届优秀奖作品）

倾　听

安　欣

夜的呼吸在树叶上
散发出迷人的清香
往事如月光在河面跳荡
袅袅婷婷的树影
如儿时梦在林中徜徉

一张竹排牵着水流
漫步天际
一根竹篙赶着月儿
爬过了一山又一山

夜坐山中倾听万物的诉说
垂柳对流水的一往情深
夜莺对山峦的万千眷恋
世间因倾听而改变模样

彝人，坚强的孩子

杨　磊

我的祖先不想让我感到悲伤
我的阿妈也不知道那些伤疤
我向往你梦中的一切
当你不停地拒绝
当你还是婴儿
我向往你梦中的一切

躺在支嘎阿鲁宽敞的脖子上
嘴唇弯弯　鼻梁挺挺
索玛就立在厚实的鼻梁高地
候着南高原的风
拼命拉拽　竭力喘息
扯掉所有花草　误解的脐带

五十六个孩子都在成长
哺乳自一方水土
那么　请降下这最后的大雨

掩盖渴望　淋湿双眼
我是彝人
这片土地上　又一个坚强的孩子

（第二届优秀奖作品）

神秘楼兰（外一首）

刘懿璇

丝路之上
楼兰千年无言
披上了你神秘的面纱
沙石之下
你的世界　依旧繁华
当年回转年轮
无数飞沙掩埋了你
我似乎看到了
戈壁滩的狂风　想要诉说你动人的故事
龙城的古沙　想要洗尽你华丽的铅华
楼兰　这一个神秘的国度
在无数黑暗之夜
静静地等待着黎明前的曙光

西望阳关

这片名叫伊犁的土地上

一粒古柏的种子生根发芽
行走在丝绸古道上
每一粒沙石　每一片树叶
都会唤醒我无限的情思
西望的眼眸中
夕阳辉映着沙漠古铜色的脸
此时一支驼队缓缓向西……
沿着太阳落山的方向
消失在沙漠的尽头
西出阳关的故人们
前方便是家的方向……

（第二届优秀奖作品）

我喜欢做梦

董泽雄

我喜欢做梦
青春是个做梦的年龄
总有人告诉我现实无比残酷
让我丢掉所谓的梦，跟他们一样亦步亦趋
他们质疑青春的力量
只相信我年轻得幼稚可笑

我喜欢做梦
于是走在梦想的道路上
但有时会惶惑会恐惧
幽魂魍魉拦在前方，告诉我
前路是属于死亡的九幽
只有永恒的绝望和黑暗

我喜欢做梦
梦中有整夜的星辰
星河流转照耀苍穹
却照不亮我的眼睛

看不见梦的明天
看不透黑暗的尽头

我喜欢做梦
这是个做梦的年龄
当我明天再也无法安心入睡
当我过了做梦的年纪
我怕自己不再前行
画地为牢嘲讽着年轻的幼稚
就此安稳度过一生

我喜欢做梦
漫天星辰也无法照亮梦境
依然不会放弃我的喜欢
青春会散发微弱的光
虽照不亮未来与梦想
无力驱散笼罩世界的绝望
与质疑
却可以照亮
自己的心

我看到一粒微尘
他拼命也要挣脱黑夜的泥潭
露出微弱的亮光

（第二届优秀奖作品）

启　程

秦崇文

明早把我叫醒吧
我白发苍苍的父亲
我明天就要启程
去迎接生命中的贵宾

坐在奔驰的车厢里
透过车窗
外面陌生的环境，加上激动的心情
那里有我的梦境

狭长的铁轨
把我带到魂牵梦萦的地方
去追逐生命的希望

草场上
两道宽宽的车辙
白云覆盖的天幕下

风儿拂动金黄色的马鬃

拂晓又要驰过天庭
将月牙儿压在树枝下
而那匹骏马又将在草原的上空
甩动棕红色的马尾

早点把我叫醒吧
我明天就要启程
让海浪一个接一个冲上来，填平我的履痕

早早把我叫醒吧
人们都在说，过不了多久
我就是北方著名的诗人

我将歌唱你
歌唱贵宾，歌唱炉灶、公鸡和祖宅
歌唱祖国，歌唱大地、蓝天和海洋
我的诗篇里还一定会流进家里那头红棕色奶牛的乳汁

（第二届优秀奖作品）

岁月无疆

黄　娴

她
曾用瘦瘦的筋骨
把山村的灯火挑亮
深陷眼窝的清亮眸光
闪烁着长者的语重心长
如今
阳光下的她小得像一枚皱核桃
依旧敲着搪瓷碗
却再也唤不回贪吃的猫
她笑说无妨无妨
猫也会长大
止不住的脚步啊
叹一声岁月无疆

（第二届优秀奖作品）

微暖时光

丁　芮

我看不清眼前的一路绮丽
只盼着你在他乡
拥抱过往
亲吻星芒

我掩不住云层后一片晨曦
只梦着你在远方
半晌茶凉
萦绕醇香

我止不息湖面上一缕涟漪
只看着你在舟上
夕阳暖光
微风吹漾

我停不住心口上一丝惦念
只念着你的小船

摇断烟波
泛于我心海上

我等待着你

我等待着你
将你轻轻放在怀里
心便荡起层层涟漪
没收到你的来信
我点亮船上灯火
没听到你的絮语
我空对山谷回音
也没唤来你的温存
寻不着你的倩影
点缀我的梦乡密境

透过雾霭烟波
我摇碎了星光梦境
浮泛溪流晨曦
成不了你的心愿
我将你藏在檐上
依附蔷薇盛放
摇着提灯追逐馥郁
寻觅暗香宸宇

我等待着你
等来了
等来了对你的惦念

（第二届优秀奖作品）

绽放劳动美，点亮中国梦

李　浩

一马平川之浩瀚　绿地俊山之优美
自古以来的兵家必争之地
一片盛产雪莲的高原之壤

在长江黄河的发源地
在这唐古拉山的南方
劳动，在春日里编织美好希望
劳动者的赞歌正在唱响
劳动，是辛勤双手谱写的音符
奏响中国梦的华丽乐章

劳动最伟大　它正在开创一个豪迈的时代
劳动最光荣　它换来丰富多彩的崭新生活
唯有劳动　　才能铸就我们中国梦的宏伟
只有劳动　　才能实现我们发展的梦想
劳动者们用行动实践诺言
把中国梦的伟大落在细处

劳动者们用真诚换来改变
把中国梦的蓝图点滴实现
也曾因为路途艰辛而走得步履蹒跚
也曾因为挫折考验而变得困顿不堪
但从没忘记心中的信念
中国梦这宏伟的梦想下
　　即使艰难　也要努力奋战在第一线
　　即使疲倦　也要坚守岗位毫不懈怠

这就是热爱劳动的筑梦人
这就是中国梦的奋斗者
用高昂的斗志开辟一条光明大道
用探索的精神唱响一曲未来赞歌

（第二届优秀奖作品）

那年夏天

蒋梦平

微风轻轻地拂过你的脸颊
凌乱了额前的一绺头发
你奋笔疾书
我心照不宣

午后的阳光显得格外温暖
照进了教室的一角
你凝眸仰望
我慵懒备至

那一页页泛黄的书签
用红笔一笔一画勾勒的错题集
悉心写好的日记
也被风吹得好远好远

那个温润如玉的少年
执笔书写华章

你却忘了当时的拥抱
我也很好

那年夏天
操场上的小草渐渐长出嫩芽
含苞待放的花蕾
属于我们独有的记忆
都一去不复返了

（第二届优秀奖作品）